魔宙

读 故 事　看 社 会

天才捕手计划
STORYHUNTING

口述真实故事文库

身边的陌生人

蒋述 著

湖南文艺出版社
HUNAN LITERATURE AND ART PUBLISHING HOUSE

博集天卷
CS-BOOKY

自 序

拿着钥匙的人

我写作之路的最开始是为了跟几位老警察说一声再见。

从警五年以来，我的联系人列表里的兄弟们有的已经去世了，有的离开了派出所，他们都不会再发来信息。铁打的派出所，流水的人，平时根本没人提起散落四方的他们，最多年底聚餐时有人会试着挑起话头，但很快又被碰杯声淹没。

会有人记得他们吗？如何让人们记住他们呢？我常常这样问自己，但再追问下去也是无解。

直到2018年底，我收到"天才捕手计划"的私信。然后，我笨拙地写出第一篇故事——七千字——结果惨不忍睹，我修改了无数个版本后才得以发表。我清楚地记得这第一篇故事是晚上10点发在公众号上。我读着这些文字，一遍又一遍，直到深夜12点困意袭来。

后来我陆续写下了十多个故事，故事里的一些人已经永远看不到这些文字了，而正是为了这些人，我决定一直写下去。

我是合肥人，却成长在淮南，在2015年走出大学校门后的第二站就是淮南市公安局，成了这个城市最偏远分局的一名小民警。

在这个偏远的分局，刑侦、禁毒、治安，我的警种换了一个又一个，但始终绕不开密集的关系网。工作兜兜转转，也就是这十来平方千米、十几万人。

令我没想到的是，我工作前想象的凶恶毒贩，不过是街边端着茶杯转悠的"街溜子"，连抓捕他们都失去了刺激感。有的犯罪分子只要打个电话，一通骂，倒数几个数，他们就一溜烟来投案了。

工作几年后，我感觉自己就像一个快退休的"老油子"。尤其是在值班室处理警情时，无论是纠纷还是求助，都得攀谈几句，等到聊热络了，哈哈一笑，问题顺势而解。然后，我接着等待下一个警情。

这就是我这些年里大多数时间在做的事情，平淡无奇，甚至有些无聊。

大案不是没有，只是不少陈年旧案挂着一年又一年，盯的人不少，出结果的却不多。有位辅警兄弟老靳，就是死磕一个大案后出事的，案子破了，他也死了，现在连提他的人都没有了。

我有时问自己，在这座小城做这些事真的值得吗？

如果就这么工作到退休，我恐怕和大多数普通公务员并没有什么本质区别，只不过是守着小城过日子而已。

但我逐渐发现了一个诡异的情况：平时我处理的这些犯罪分子，其中有些熟悉到关系根本拐不过三道弯。如果不是警察这个职业，我怎么也想不到这些熟人都有一个上锁的秘密盒子，而我则是拿着钥匙的人。

我家楼下有一个胖乎乎的邻居，大家都喊他王总，我喊他老王。

这个人经常和闲汉们谈一些本地的传奇故事，还说自己这些年收藏了很多文物。我曾亲眼看见他从车里拿出一块砖，上面有六朝时期的莲瓣纹，很好看。车是奥迪A8，百万豪车，王老板的私产；砖却是墓砖，天知道他从哪里弄来的。

"赶明儿把这墓砖磨个砚台，还挺漂亮呢。"老王笑得像一尊弥勒佛。

没想到，在2019年，我们警局摧毁了一个盗墓集团，头目就是老王。这个满脸和气的中年男人，平时厚道的老邻居，居然会在夜晚众人熟睡后上演现实版的"鬼吹灯"，实在让人意外。

去抓毒贩时，以为是大人物，最后才知道原来所谓"毒枭"，不过是辖区的一家网吧老板，我还是这家网吧的常客。案子足够大，三千克；嫌疑人足够熟，天天见面。

更邪乎的是，我寻访多年前的一桩豪门旧案时，消息很快就传遍了整个小城，熟人马上找上门来："这是×总的奔驰车钥匙，蒋警官喜欢就拿去玩几天。"短短一句话，背后是复杂的关系网和无尽黑暗。

当然，在我身边，不是只有深渊，也有那些身披光芒的小人物。

2018年初，辅警老靳因病去世，到死都没等到转正的机会。他的离去让我决定动笔写下这个故事。

老靳曾是个平凡的国企下岗工人，他和我们派出所的老所长是同龄人，年轻时还在同一个厂子工作过，但因为在人生道路的选择上两人截然不同，也在这座小城迎来了各自不同的命运。老所长选择在工厂效益最好时辞职考警校，通过努力升任了所长；老靳则是坚守厂里的职位，直到下岗，被分流到派出所联防队。从那以后他就成了老所长的手下，直到去世。

老靳每月的工资刚够糊口。我们知道他工作起来比谁都拼命，去世前的半年几乎天天和一个枪案的关系人喝大酒，就为了套出关于嫌疑人的只言片语。

他只是想办好一桩案子，成为一名真正的警察。

2018年3月6日，他没来上班，被发现在家中平静地去世了，没人说得清他的去世和酗酒有多大关系，也没人提他生前所做的一切。后来，随着辅警改革，城市联防中队的牌子被摘下后扔进了仓库，"老靳们"也似乎彻底成了这座小城的历史。

也正是因为这件事，我决定在他被人们遗忘之前，把这一切都记录下来。

我记录下老靳的故事——他心心念念的那个跑了十年的老逃犯也在我的故事中落网了，当这篇文章发布在"天才捕手计划"公众号上时，警局里的老哥们看完后都掩面而泣。

回想写作之初，他们也在尽最大的可能帮助我搜集素材，打通故事里的每一个关键节点。他们从不跟我深究这些故事背后的意义。他们都和老靳一样平凡，困于自己的生活，在这座小城一边挣扎一边耕耘。但是每一篇故事写完后，他们都会反反复复地阅读，寻找自己出现的段落。那感觉就像在说，原来自己，连同多年来对抗阴暗面的过程，居然会被人记住。

正是他们，让我觉得写下这些人这些事，是一件非常重要的事情。

最后，我想正式跟你们介绍一下这些故事的发生地。淮南是一座小城，位于层层叠叠的江南丘陵，由于煤炭储量特别丰富，还带着一种像东北工业城市那样的厚重感。

采矿业发达，不可避免地伴随着人的各种明争暗夺，从新中国成立前村与村的大规模械斗，到前些年的黑社会的欺压，以及来自山东的大规模移民导致本地的人口量极速增长，几乎每个家庭都和煤炭有脱不开的关系。

煤矿工业给小城生活带来的变化就好像磁带的两面，A面是繁盛的，B面则是许多企业倒闭之后所带来的残酷。原本在小区门口卖烟的小贩变成了盗窃团伙的头目；我那当兵复员回家的同学不再去煤矿厂接班，转而混起了社会，然后在扫黑风暴中沦为阶下囚，无颜面对讯问室铁栅栏后穿着警服的我。

不夸张地说，在房前屋后随便采访几位老人，都能写出好几本大部头的艰辛史。

我在十二岁之前都住在煤矿工村附近，这里的干部平房和棚户区交杂错落，在治安乱的时候，一旦发生家族群架，村子的几个出口都会被巨石、沙包堵住，警车根本别想进来。在我更小的时候，房前甚至发生了警匪枪战，79冲锋枪发出的爆豆般的声音一夜没停过。

印象最深的是小学五年级的一个早晨，我正要去上学，一出家门就闻到了血腥味，大量血迹从一楼走廊蜿蜒到三百多米开外，尽头是泥地上的一个人形，旁边是一汪红色。后来我才知道，这又是一场江湖仇杀。当天凌晨，就在我家楼下，大刀片乱飞，倒下了三个人，流了十几升血。

但我想告诉你的是，这座小城其实很平凡。

它并非特例，而是某个转型时期后的千千万万的小城之一。这些故事在翻滚的时代浪潮中发生了无数次，故事里的人也可以是任何人。因此，我认为这座城市和城市里的人值得被记住。我也坚信，这些故事并非只是临摹出了小城的样子，它们也能实现我的一些小小的野心，比如，成为某段历史的透视镜。

我是一名警察，终身代号020391。

如果有人遇到这个警号，可以上前打个招呼，我会向你讲述自己的故事。

目录

消失的爱人

2017年秋天，飘落的树叶将城市近郊的小山染成一片金黄。一个留着黑色长直发、身穿粉红色大衣的女人，坐在银杏树下，背靠树干，面朝南方，眺望着远方层峦叠嶂的群山。

11月13日，早上8点。一个退休的老人背着摄影器材爬到山顶。老人举起相机，准备记录秋日美景。在取景框中，他发现了银杏树下的女人。

这里景色宜人，却很少有人愿意攀爬四十分钟的山路登上山顶。老人想邀请女人看看自己的摄影作品。他一边往前走，一边发出问候，女人却始终不作答。老人经过树干右侧，绕到正面，随后发出一声回荡在山间的震耳惊叫，跌跌撞撞地飞奔下山。

透过女人面颊上凌乱的长刘海，老人看到一张铁青的面容，那上面，布满了暗红的尸斑。

女人早就死了。

一个小时前，我还在刑警队的返还赃物活动上帮忙。接到刑警队王队长的电话后，我立刻拿起勘查车的钥匙，和提着勘查箱下楼的法医会合，沿着二环向北一路疾行。那座山距离市区只有七八千米，一脚油门就到。

站在银杏树下，我环顾四周。这里属于大别山余脉，群山环抱，是我常来散心的地方，身边的一草一木都再熟悉不过。我从没想过，这样美丽的地方，竟然会发生命案。

附近的灌木无异常倒伏，大部分地面被银杏叶覆盖，无法勘查脚印。我蹚了一脚杂草，几只秋蚂蚱四散而逃，蹦得到处都是。拂去金黄的落叶，女尸正前方出现了一些半圆形的浅坑——和她的鞋底宽度一致，应该是女人在蹬地挣扎时形成的。

我们判断，这棵银杏树下就是第一案发现场。

女尸看上去二十多岁，瓜子脸上有一对好看的平眉。尽管有这些扎眼的红色点状尸斑，但还是可以看出她生前一定是个非常漂亮的女性。

她的颈部有红色勒痕，左手腕有陈旧性刀伤。根据尸斑和尸僵初步推测，死亡时间超过四十八小时。她身上没有现金、银行卡，也没有手机、证件等可以直接证明身份的物品。贴身的黑色打底衫和蓝色牛仔裤等穿着整齐，没有被性侵的痕迹。除此之外，现场没有其他有价值的痕迹物证了。

我绕着山走了一圈，周边的村子没有监控，这里地处深山，位置偏僻，那棵银杏树又长在山顶背坡一侧，除了摄影爱好者，很少有人会来这里。

我怀疑是抢劫杀人，但不明白嫌疑人为何不掩藏尸体。根据经验，无论是偶发，还是仇杀或情杀，大都伴有藏尸现象。因为尸体越晚被人发现，嫌疑人脱身的机会就越大。奇怪的是，在这具女尸身上，这一切迹象通通没有。

几小时后，年轻的法医连白大褂都没脱，直接走进会议室来汇报：死者年龄不超过二十五岁；喉部出血，结合颈部勒痕，判断死因是机械性窒息；死亡时间是11月10日下午5点左右。

当天，专案组向分县局发出协查通报，并逐一梳理近几个月来的失踪人口和各辖区在夜场从业的女性名单。一天过去了，有价值的反馈线索一条都没有。我和专案组成员坐在办公室里十分头疼。此时唯一的线索，只有那条贯穿女尸左手腕的陈旧刀疤。

她有过自杀史。

第二天，病理、毒理检验报告出来了。法医在女尸的胃容物中检出了三环类药物成分。大家没听说过这种药物。我站在一边，缓缓地说："这是一种抗抑郁的药物，属于处方药。"

这种药物我很清楚。因为我的一个朋友曾患有抑郁症，而我喜欢她。这件事我很少向别人提起。

因为我的发言，王队长和所长开始了激烈的讨论。他们担心我会将个人情感投射到案件当中，王队长觉得我不适宜再接触这个案子，应该马上退出，回派出所上班。

"我了解这个小伙子，他内心足够坚强，没人比他更适合这个案子，"所长坚持让我继续参与调查，"心结要靠自己解开，否则就是他的一个坎。"

我知道三环类抗抑郁药物的正规出售途径，全区只有第四人民医院，也叫精神专科医院。隔壁的家属院，被附近的居民叫作"精神病大院"。

医院位于旧城区，在一条老胡同的最深处。胡同被几棵大树遮蔽，两侧是破旧的平房和自建二层小楼。旧电线像蜘蛛网一样在空中纠缠，垂在行人头上不远处。

"抑郁症治疗科"在门诊楼二层，办公室窗户正对着严管病区，时不时会听到从严管病区传来的怪叫，让人感到极度不适。

科室里只有一名老医生，正靠着暖气片看报纸。他原来是司法鉴定中心精神病鉴定科的大夫，专长并非治疗抑郁症，而且年近六旬，即将退休。看到我们来，老医生以为我们又带精神病人来找他鉴定了，忙不迭地放下报纸。我说明来意后，他从抽屉里拿出患者登记簿，戴上眼镜，翻开厚厚的本子。

来这里就诊的抑郁症患者很少，第一页都没写满，其中女性仅有五名。一名初中女生，登记信息是焦虑症；三名三十多岁的女人，是产后抑郁症。唯一一个二十多岁的女性，老医生记得她是"挺漂亮的小姑娘"，叫赵兰兰。

我在"警务通"上查到了赵兰兰的身份。她二十五岁，是幼儿园教师。老医生说她和其他人都不一样，患有重度焦虑以及精神抑郁。

看到照片，我确定了赵兰兰就是死在银杏树下的女人。

赵兰兰和父母住在区中心的丁字路口旁边。地段繁华，距离案发地点不超过七千米。小区是一片砖红色八层小楼，被称作"科级楼"。二十世纪八九十年代，只有科级领导才有资格分到这里的房子。赵兰兰父母退休前是市审计局和政法委的领导。

他们家在三楼，隔着外面的钢筋铁门，我看见一个身材魁梧的男人穿着睡衣站在屋子里，举着一个铁皮喷壶浇花。这个头发斑白、眼神显得有些疲惫的男人，就是赵兰兰的父亲。

我轻拍铁门，拿出警官证。老赵放下喷壶，打开铁门请我俩进屋。室内是二十世纪的装修风格，摆放着黄色的木家具，有的家具上还盖了蓝白相间的布罩子。客厅里很整洁，摆了很多绿植。

赵兰兰的母亲从厨房走出来，对我们笑了一下，转身回去泡茶。"一定是为了兰兰的事情来的吧？"老赵对我们的到来并不意外，"我们老两口为她操心了大半辈子，她不仅折腾我俩，麻烦学校，现在又麻烦了你们。"

所长掏出香烟，递给老赵一根，自己也点上。老赵沉吟片刻："有事您就直说吧。"

所长以尽量平静的语气告知老赵："两天前，我们在山上的银杏树下，发现了赵兰兰的尸体。"

一秒，两秒，空气安静得让人不安。赵兰兰的母亲眼泪扑簌簌地掉了下来，老赵抽烟的手颤抖着。屋里只剩抽泣声和香烟燃烧的声音。

半晌，老赵说话了。他记得上周五中午是老两口最近一次见到女儿。当时她要出门逛街。

我提出想看看赵兰兰的微信朋友圈。她的微信头像是日本卡通形象"轻松熊"，棕色圆脸上两个豆大的圆眼睛，很可爱。2015年以前，赵兰兰很少发朋友圈。最近两年，她也只转发一些微商朋友的截图和一些幼教短文。

朋友圈里关于她生活的内容只有年初去日本旅行的九张照片。照片是在日本北海道拍的，有雪景、美食、神社入口高大的红色鸟居。其中有一张合影，两个年轻人很夸张地笑着，身后是神社和古树。照片上，赵兰兰身边的小伙子高而白净，面庞瘦削。他穿一身黑色大衣，梳着油头，戴黑框眼镜。小伙子叫袁超，二十六岁，是赵兰兰的男朋友。

赵兰兰生前患有严重的抑郁症，经常会失踪一两天，等情绪好了再回家。时间一长，老两口也习惯了，不是每次都出去找。

上一届城区派出所所长是老赵的老部下，有时老赵会找他帮忙查行踪，但大多数时间都是一无所获。与其说是帮忙找人，倒不如说是老部下在安慰他。

抑郁症真的是个非常折磨人的病症，不只折磨自己，也折磨着家人，时间一长，亲人的习以为常和厌倦随之而来，给病人带来更大的伤害。老赵也不好意思总去麻烦人，只有袁超，在赵兰兰消失时始终坚持不离不弃地寻找。

在这一点上我深有感触，曾经有一年的时间，抑郁症始终是横跨在我和朋友心中的坎，但她不提我也不说，两人在这种默契中度过每一天。她总是说："我真的没事，你怎么比我还愁眉苦脸？"

我理解这种痛苦，那是一种深埋在心中的无助，抑郁症是个没有答案的问题，就好像你手里抓着一把沙子，眼睁睁地看着它们从指缝里溜走，你想使劲挽留，却只会加快沙子流动的速度。

我承认，一开始我对赵兰兰父母的态度非常不好。虽说抑郁症很折腾家人——督促吃药、忍受脾气，多年如一日的确很辛苦。但病人最需要的就是亲人的支持，而不是亲人对外人诉苦。后来室内的气氛悲戚，我也如鲠在喉。

征得老两口的同意后，我们进入了兰兰的房间。这是一间少女风的卧室，床单、床垫、枕头都是粉色。黑色实木书桌上，有一个Hello Kitty台灯、一台电脑、一个蓝色的日本平安符。

书架上有一些专业课本和世界名著，书脊上落了些灰尘，看样子很久没动过了。在书架边缘，放着一个药盒——盐酸阿米替林片。我打开看了看，默算了用量和开药时间，服用情况正常。

在赵兰兰小时候，老赵夫妻的工作很忙，他们送女儿去寄宿学校念书，只有周末接女儿回家。高一时，班主任打电话来，说无论如何要和老赵谈一次话。老师说，赵兰兰的成绩一直不错，但情绪很不稳定。脾气像爆竹一样，一点就炸，经常为了一点小事和同学吵得不可开交，然后躲在被窝里哭，很晚都不睡。她甚至在课堂上和老师吵架，边吵边哭。同学在私下说，赵兰兰得了精神病。

老赵夫妻吓坏了，带女儿去四院检查。医生诊断赵兰兰患有早期抑郁症，但暂时不用服药，建议先给她换个环境，观察有没有好转，再决定如何治疗。转学后，赵兰兰很少有大的情绪波动和失眠，平安无事地考上了省会的师范院校。

然而上大学后，她的抑郁症又发作了：经常失眠，总带着黑眼圈出现在课堂上；总和室友说自己没有用，是可有可无的人。有一次她不小心碰倒了室友的杯子，熄灯后，在床上不能自已地哭了整夜。室友也担心了她整夜。

赵兰兰让人不安的状态一直持续到寒假。第一学期结束，她有多门课没及格。老赵从辅导员嘴里，又一次听到了高中班主任说过的话。而且辅导员担忧地说，连室友们都看得出来，赵兰兰想自杀。这次，医生建议赵兰兰长期服药，以帮助控制抑郁情绪，坚持把学业完成，毕业后有充足时间在家治疗。

大学毕业后，老赵托老同事把赵兰兰安排进了区幼儿园当老师。"孩子在一起玩闹，对她的病有好处。"

年初，赵兰兰和袁超去日本旅行，玩得很高兴。老两口一度以为，在袁超的努力下，女儿有了好转。却没想到，国庆节刚过，赵兰兰竟然割腕自杀。

警综平台上有一条关于赵兰兰的出警记录。10月1日，赵兰兰曾在袁超家割腕自杀。袁超报警后，派出所民警帮忙把赵兰兰送到医院。

此外，袁超还有一个被报警的记录，起因也是赵兰兰的那次自杀。房东听说房子里差点死了人，要求袁超搬家。袁超说话轻声细语，就是不同意搬家，还搬出了《合同法》。房东说不过袁超，就报了警。

警察赶到时，矮胖的房东和瘦高的袁超站在楼下。房东一脸无奈，袁超很有礼貌。最后，与其说是民警从中调解，倒不如说是袁超把房东说服了。袁超的冷静和涵养给那天出警的同事留下了深刻的印象。

"小袁是个好小伙，没有他，上次兰兰很难挺过去。"赵兰兰母亲说，"为了兰兰的病，袁超没少花心思，没少受罪。"

出门时，老赵欲言又止："袁超那边，能否先瞒一瞒？这事我们去和他说。"老两口把袁超当亲儿子看。我也有点担心袁超知道女友遇害后的状态。

一年前，袁超用了差不多三个月的时间追到了赵兰兰。那时两人在教师联谊会上相遇，袁超对带着忧郁气质的赵兰兰一见钟情。像拒绝其他人一样，赵兰兰拒绝了袁超的追求。她对袁超说："喜欢上一个人就是失去他的开始。"她觉得，自己只会让对方伤心。

袁超丝毫不在乎一次次被拒绝，变着法儿哄赵兰兰。他对赵兰兰说："也许别人不理解你，但哪怕你下一秒就会离开，我这一秒也要陪你。"2016年冬天，两人在一起了。

袁超在高中教物理，他所在的高中有近一千名学生，学校师资紧缺，教学压力极大。袁超不只教物理、数学，还会帮其他学科代课。因此袁超很受校长的器重。只是校长觉得他有两个毛病让人难以理解：一个是"杠"，他在自己认定的事情上丝毫不退让；一个是上班太随便。

"说杠吧，不太合适，但好像比执着的程度要深。"校长说。

袁超上课时，遇到解不出来的题，就把学生晾在一边，独自和题较劲，以至出现了学生们坐在教室里，围观他"解谜"的场面。

有个外号叫"觉主"的学生。他记得有一次物理课，自己趴下睡觉前，看见袁老师用左胳膊托着头，趴在讲台上低头算题。两个小时后，"觉主"饿醒了，抬头一看，袁超还保持着同样的解题姿势。

时间久了，学生们给袁超起了个外号叫"老杠"。

教务组领导批评袁超，他不在意，笑着反驳："我就这点认真的小毛病，校长不会说什么的。"

袁超上班很准时，没课时却经常从学校后门溜走。甚至有时候，袁超会突然让学生自习，自己急匆匆地离开。后来大家才知道，袁超是去幼儿园找女朋友赵兰兰。

我和所长从赵兰兰家出来，打算去幼儿园了解情况。所长在车里对我说："一会儿见到幼儿园园长，你和她说案情吧。我不想再说一遍了，太难受了。"

看过老两口伤心的样子，我俩心情都不好。见到幼儿园园长，我介绍了案情，只是没有说明赵兰兰的病情。死者为大，而且这是她的隐私。园长对赵兰兰印象最深的事情，是袁超对她锲而不舍的追求过程。

在教师联谊会相遇后，袁超几乎每天都来幼儿园找赵兰兰。其他老师开玩笑，让袁超干脆调到幼儿园工作。袁超笑呵呵地说："调来了我只去兰兰的班，你们同意不？"

我们在幼儿园没有什么收获，赵兰兰的人际圈子非常简单，除了同事和家人，就只有袁超这个男朋友。

回到刑警队，在大门口我迎面看见袁超搀扶着老赵两口子向外走，三人走得很慢。上午见老赵时，我觉得他身材魁梧，这才过了几个小时，他好像一下子苍老了好几岁，像一只瘪了的篮球。

袁超还穿着和赵兰兰去日本旅游时穿的那件黑色大衣，他摘了眼镜，眼眶发红，眼窝深陷，瘦削的脸上一副憔悴的疲态，好像几天都没睡觉似的。

和赵兰兰在一起的一年时间里，袁超几乎成了半个心理学家，他想努力帮助赵兰兰康复，甚至有点"明知不可为而为之"。赵兰兰发病的时候彻夜难眠，痛哭流涕，袁超就成宿地陪在她身边。

　　有时，赵兰兰会突然失联几天，袁超就虚掩着门，整夜不敢熟睡。第二天一早，他会先去赵兰兰家问情况，还给两位老人带早饭，帮忙做家务。一切安排妥当，才去学校上课。等赵兰兰愿意出现时，袁超会扔下学生，迫不及待地出现在她面前。他对赵兰兰的事都很细心，赵兰兰吃的抗抑郁症药，也是他一趟趟地去四院开的。

　　四院不仅破旧，也是人们眼中的"禁忌"。病区楼的窗户用钢筋和铁丝网防护住，不时有警察或者医生捆着正在发作的精神病人，经过三道铁闸门送入病区，把路过的人吓得心惊肉跳。

　　袁超说四院这种地方，兰兰去得越少越好。

　　赵兰兰尸体被发现的第二天下午，她还躺在解剖室里，身上覆盖着白布，黑色的长发从床上垂下，无法诉说这场死亡真正的原因。

　　我们试图寻找她的手机。去电子城走访的民警带回近期卖手机的名单，除了几个惯偷可以串并出盗窃案，赵兰兰的玫瑰金6S始终没在市场上出现过。

　　图像侦查视频提供了11月10日出事那天的监控画面。下午1点，赵兰兰穿着粉色大衣、蓝色牛仔裤，走出科级楼小区，和袁超在步行街见面。下午3点，袁超和赵兰兰回到科级楼小区路口。路口的监控摄像头背靠科级楼小区，朝南。两人往北走，消失在监控中。下午6点多，袁超独自出现在监控画面中。他回家时路过学校，进去拿了一本书，然后返回自己的住处。

"你们打算拿这个来给局长汇报？"王队长的眉头拧成了一团。

我们大气都不敢出一下，会议室里，只剩下点鼠标和翻阅卷宗的声音。虽然局长还没有来，却可以想象到一会儿他狂风暴雨般的诘问。

王队长突然发问："下午3点多，赵兰兰和袁超消失在监控里，下午6点多袁超回家。你们没想过吗，三个小时！他俩干什么去了？你们都没怀疑过袁超？"

之前我们一直在按抢劫杀人的方向侦查，王队长提出的这个方向，并不是没有可能。但我们都不愿怀疑袁超，觉得他不可能对赵兰兰痛下杀手。

"他作案的动机是什么？没有吧。光时间上说得通，其他地方也说不通啊。"一个经验丰富的老刑警说，"下午袁超还陪着家属来问案情，如果是他，这得是什么心理素质！"

袁超陪老两口来刑警队时，坐在沙发上一直低头用手捂着脸。不少民警都看到，他表情木然，右手袖子上还蹭着粉笔灰，应该是知道消息后匆忙从课堂上赶过来的。

"他要是心虚跑路倒是好办了。"王队长中和意见，想到了折中的方法——等赵兰兰的手机出现。

14日深夜，商业街一片漆黑，只有刑警队的楼亮着灯。宿舍挤满了人，办公室里都摆上了行军床。案件不破，专案组的成员不能回家。有人在宿舍打牌，有人躺在床上玩手机，更多的人聚在办公室，翻阅卷宗，讨论案情的各种可能性。

讨论持续到了后半夜，作案时间和作案动机始终是争论的焦点。袁超是赵兰兰生前最后的关系人，他的嫌疑无论如何都不能排除，但我们怎么都无法给他的杀人动机找出合理的解释。

多数人始终觉得，袁超最不可能杀人。

大家不是同时睡去的，但是凌晨2点，所有人同时醒来了。大家披着警服，冻得哆哆嗦嗦，日光灯亮得刺眼，大家眯着眼，哈欠声在不大的会议室里回响。

王队长顶着鸡窝一样的头发，披着多功能警用大衣，向我们宣布："技术刚打电话来，赵兰兰的手机开机了，位置就在袁超家。"队长发布命令：半夜破门的风险大，人容易"惊"，先去几个人到袁超楼下蹲守，其余的人好好睡觉，早上去逮这小子。

楼下的警车发动了，听着汽车的引擎声，我躺在宿舍彻底睡不着了。自己的往事和这几天经历的案情交织在一起，在脑海里时而清晰，时而模糊。

现场没有手机和钱，那么抢劫杀人合情合理，手机一定会出手并重新开机，但是为什么在袁超家？他可是赵兰兰唯一的精神支柱！

虽然说不通，但是袁超的嫌疑陡然变大，不管背后的真相到底是什么，对这样一个抑郁症女孩下手，还留下一对伤心的父母，单凭这点，他就应当得到最严酷的惩罚！

我也想一起去袁超家楼下蹲守，但所长冲我大喊："你就在这儿好好睡觉，明天抓人我带你去。谜底就交给你解开了。"

早上7点，天刚蒙蒙亮，我从枪柜里取出自己的配枪，顶上了膛火。到了袁超家楼下，我抬头看着位于二层的袁超家。屋里的灯已经亮了，厨房的排气扇冒出缕缕炊烟。抓捕组轻手轻脚地上了二楼，意外的是，门竟然开着。

不大的客厅里站满了警察，袁超则穿着厚厚的蓝色毛绒睡衣，已经梳洗整齐，正站在厨房的灶台旁烧水。

"你们比我想象中来得快，我本来还想烧水洗个澡，现在只能泡茶了。"袁超平静地说，仿佛闯进家门的不是警察，而是抬头不见低头见的邻居。

所长拿出刑拘证，像是怕吵醒邻居，轻声说："小伙子，跟我们走吧。"

袁超丝毫没有束手就擒的意思，他扭头看了看我们，也许是注意到了我腰间的手枪，他左手握住了灶台上的厨刀，转身面向我们。我心中一紧，身上冒出冷汗，把右手放在了枪套上。

所长用力握住我放在枪套上的手，面对袁超说："事已至此，何必呢？"

袁超放下厨刀，把手抬到胸前，从厨房走了出来。同事马上给他上铐，搜身。

坐在车里，我琢磨着所长那句"事已至此，何必呢"，感觉也是说给我听的。所长点了一根烟递给我，让我把枪交给他。我一句话也说不出来，有些机械地抽了两口烟，把手枪交出。所长卸弹匣，退膛，收枪。

"你给我去会议室。"在会议室，所长把我的手机拿走，放在抽屉里。"现在开始，在这儿坐一小时。"

我默默地坐着，大脑一片空白。所长是对的，虽然抓捕重大案件的嫌疑人可以携带并依法使用武器，但在这次行动中，我明显带上了个人色彩。我喜欢一个患有抑郁症的姑娘，所长知道，我会痛恨袁超这样的人，有可能在必要且合法的情况下击毙他。但是掺杂个人意愿的行为即使合法也不能算对。

袁超应该得到审判。而我作为执法者，不能借法律之手杀人。

一小时后，所长进门：

"想明白了？"

"明白了。"

"干活还是放假？"

"干活。"

"那去吧。"

"警官，你枪毙我吧。"

我走进讯问室，刚拿起笔录，还没来得及看完文头，就听见袁超求我杀了他。袁超被捕后，很快就向审讯民警承认了罪行，却迟迟不肯在笔录上签字，非要找我聊聊。

我抬头看了眼袁超。他发型整齐，鼻子上端正地架着眼镜，穿一套厚厚的蓝色毛绒睡衣，四肢被紧箍在讯问椅上。袁超始终维持着斯斯文文的状态，看上去很难和杀人犯联系在一起。

他似笑非笑的神情里透着挑衅："其他人都想套我话，只有你想打死我。"

"如果我没猜错，不是你自己有抑郁症，就是你家人有。"袁超叹了口气。

袁超的每句话都十分扎心，好像坐在讯问椅上的是我，不是他。

"警官，你也不用端着，其实我见过你，咱们好好聊聊？"

"你怎么认识我？"我主动问他。他的回答让我意外。

发现赵兰兰的尸体那天，刑警队大院正在举办侵财案件打击专案的退赃大会。院子里乱哄哄的，被叫到名字的人去登记领物。那天，袁超也在现场，就站在公示栏前。

"退赃大会那天，你接了个电话就上楼了。"

"你杀了人，还敢去刑警队里看公示栏？"

"我就是想记住上面的脸和人名，看看最后是谁抓了我。"

"你不是想和我聊聊吗？"我打断袁超。

袁超突然说："我真的很爱她！"语气就像面对一个老朋友，而不是警察。他的目光游离到天花板，身体像靠在了讯问椅上。说完这句话，他失去了刚才的气势，看起来放松了很多。

袁超说，那次日本旅行后，赵兰兰的病情好了一点。虽然还会反复，但她坚持吃药，加上自己的陪伴，病情暂时控制住了。袁超老家在省北部的产粮区，父母是种粮大户。放暑假时，袁超打算回老家看父母。赵兰兰开始患得患失，觉得袁超要离她而去，而她不能接受自己被抛弃。袁超提出一起回家，赵兰兰又觉得自己这个样子，根本无法面对袁超的父母。袁超进退两难，决定不回家了。然而此时，赵兰兰已经认定自己是袁超的负担。

赵兰兰不断抱怨：因为自己，袁超不能回家看好久不见的父母；因为自己，袁超在学校引起同事的微词；因为自己，袁超经常顶着黑眼圈工作和生活。

转眼到了国庆节，袁超依旧没敢回家。此时的赵兰兰，却已经陷入"死胡同"。

10月1日上午，她在袁超家里割断了自己左手腕的静脉。袁超接到幼儿园园长打来的电话，说赵兰兰没来参加国庆活动。他火急火燎地赶回家。推开浴室门，袁超发现赵兰兰面色惨白地侧卧在地，不省人事，左手腕正在往外流血。她的右手边扔着一把刀。浴室地板上已经浸染了一片血迹。袁超吓坏了，马上拨打120急救电话。由于120、119、110三台联动，派出所民警先赶到了现场。

袁超用手捂着赵兰兰的伤口，身上沾满了血，努力和她说话，不让她失去意识。民警从单警装备里取出急救包，用无菌纱布覆盖赵兰兰的伤口。纱布很快被暗红色的静脉血浸透，民警又用止血带扎在赵兰兰的手臂上。

120终于赶到袁超家，医生拎着软担架上楼，把兰兰抬进救护车。去医院的路上，袁超坐在救护车里，一边哭一边和兰兰讲话。兰兰进抢救室后，他一个人坐在抢救室门口的长椅上，头垂在两腿之间，双手捂着脸，衣服被染红，眼镜放在一边。他好像根本听不到四周发生的事，眼泪一颗颗砸在地板上。

我相信袁超说那句"我真的很爱她"没有说谎。

在勘查袁超家时，我们发现很多打印好的A4纸，用长尾夹分门别类整理好，上面全是治疗抑郁症的资料。他怕赵兰兰多心，把这些资料锁在抽屉里。抽屉底部，躺着那两张飞往日本的机票。赵兰兰的手机放在袁超的床头，里面最多的就是两人的合影。

那次自杀，赵兰兰虽然被救回来了，袁超却再也无法集中精力工作。他觉得，压力已经超出了自己承受的范围。一个奇怪的念头开始在他脑海里徘徊。

"也许，她活着是一种负担，死亡才是解脱。"

袁超说这念头第一次出现时把自己吓了一跳，可这个想法却在不断滋长。

"她那次自杀未遂，我就一直在想，我什么都做了，还是无法治好她，她还是铁了心要寻死。我们在一起真能有未来吗？"

　　袁超专注地想了很多事，如同他在课堂上抛下学生独自闷头解题一般。他给自己和赵兰兰解出了答案：赵兰兰自杀，或者和他分手——无论哪种，她都会死。

　　袁超保持着一种奇怪的姿势，始终仰头看着天花板。我以为他是不想让别人看到他流眼泪，或者是不想再面对我的讯问。

　　"但我根本做不到不想她，我放弃了抵抗。即使被抓我也认了，我要再看她一眼。"袁超仰着头说。

　　杀死赵兰兰的第五天，袁超忍不住打开了她的手机。他马上反应过来，自己离落网近了一步。知道早晚会被抓，袁超特意查过看守所的规定：不能穿有硬物的衣服，衣服上不能有金属纽扣、绑绳；鞋子不能有鞋带，皮鞋不能带铁鞋弓。他提前给自己准备了厚睡衣、棉鞋，还有一叠一百元的票子。这一套东西整齐地放在他家的茶几上。

　　讯问中途，"探长"老杨进来接手。老杨进去没多久，拿着笔录朝我走来："有些地方不仔细，到底是激情杀人还是有谋划？低级错误！"

　　我跟老杨再次走入审讯室。老杨坐下，直勾勾地看着袁超，像看猎物。袁超被看得有点发毛，不由自主地动了动："警官，该说的我都说了啊，铐得这么紧，什么时候去看守所？"

"你勒兰兰的时候紧吗？"老杨淡淡地说。

袁超一愣，没有回答，又仰头盯着天花板。

"兰兰挣扎了吗？挣扎了多久？她有没有试图扒开你的胳膊？你到底是爱她还是害她？"老杨大声发出一串问题。

袁超急促地呼吸："没有，她没怎么动弹，就那样发生了。"

"不对吧？地上都是兰兰蹬出来的痕迹，看得出她在挣扎，而且持续了相当长的时间，她肯定很痛苦吧？你就这么狠心？明明一松手就能放过她。"

袁超开始回避："我记不清了，当时脑子一片混乱。"

"你们怎么去的，走路到这地方起码一个小时吧，为什么不坐车？你最后陪她的路也是一条黄泉路，六七千米啊！"

袁超听到"黄泉路"的时候，明显颤动了一下，但是没有回答问题。

老杨轻描淡写地说："她也许只是晕过去了，你这一走，她一个人在荒山野岭就这么死了，你可真残忍，真不是人。"

"不可能！不可能那样，×！"袁超的表情开始扭曲，大口喘着气说。

"你凭什么就说人死了！你倒是说说看！"

"因为她已经凉了！"袁超大声哭喊起来。

他的面具终于摘下了。

干什么事都"杠"的袁超，把念头变成了计划。他事先已计划好，约赵兰兰去山上，就是为了杀死她。那里确实是他们经常散心的地方。清晨的山下有早市，到处是摆摊的小贩和晨练的人们。但中午一过，路上就很少有行人了。

当天袁超选择步行，他担心乘车会留下线索。步行就不一样了，一路上的人行道没有监控，附近的人也不会在意两个散步的青年。袁超在银杏树旁不知待了多久。看着靠着树干的赵兰兰，他试着拉她起身，发现她的身体已经冰凉。

他冷静下来，把赵兰兰身上的物品拿走，伪造成抢劫杀人的现场。但他做不到把赵兰兰藏在荒草中，让她与蛇虫鼠蚁为伴。尸体就这样靠在了银杏树下。远远看去，根本无法发现异常，就像一个女人在久久遥望着远方。

回到家，袁超不敢相信已然发生的事情，几天来很不好过。睡不了多久就会惊醒，醒来的时候又觉得是在做梦。有时，他骗自己，赵兰兰并没有死。有时，他脑海里又冒出想回银杏树下看看的念头，却又不敢。

袁超做好了两手准备，一方面他准备好了蹲看守所的衣物和应付审问的说辞；另一方面，他正常去学校上课，去赵兰兰家问候老赵两口子，询问兰兰是不是在家，神色如常，甚至去刑警队门口张望。

一想到这么一个背负一条人命的嫌疑人，在东窗事发前仍在被害人父母身边谈笑风生，我就感觉背后有一阵寒风。他是最好的演员，不，他不能算人，应该说是冷血动物。

袁超就这样灵魂出窍似的过了几天，直到今天凌晨他打开了赵兰兰的手机，看着看着意识到：完了。

彻底睡不着的袁超干脆熬到天亮，哪儿也不去，等着警察上门。袁超之所以要求和我聊，是觉得我和他有相似的经历，希望我能理解他杀人的动机。

被送去看守所那晚，袁超又提出想让我送他一程。我拒绝了："和你多待一秒，我都觉得恶心。"

我不能理解袁超，我希望他接受审判，被执行死刑。

"可我不认为自己会被判死刑，你输了。"袁超的表情又恢复了平静。

不久之后，赵兰兰的父母和律师造访了王队长办公室。他们落座之后我才发现，老赵不再像个退休老干部，倒像一个长期酗酒萎靡不振的酒鬼。老赵两口子说着话，就不自觉地流下了眼泪。

审判程序是非常漫长的过程，这对饱受丧女之痛的老两口来说是一种折磨。

半晌，老赵说："即使判袁超死刑，兰兰也活不过来了，我们人老了，经不起这样的折腾。袁超本性不坏，他对兰兰好，我们都能看得出来。他经常说以后不管他和兰兰如何，都会把我们当亲生父母。"

老赵说不下去了，律师把老两口写的材料递给王队长，我瞟了一眼，是谅解书。所谓谅解书，大意也就是案件情况：赵兰兰的病症是诱因，她的病把老赵夫妻以及袁超折磨得精疲力尽，袁超算是一时糊涂，情绪失控做了傻事。老赵夫妻觉得袁超本质上不是一个恶人，女儿的消失并不意味着袁超要随着一起消失，他们不忍心让另一个家庭也承受丧子之痛。

我听不下去了，起身和王队长打了个招呼，离开了办公室。走到大门口的时候，我回头看了一眼，阳光斜斜地洒在院子里，刚巧没有覆盖一楼大大小小的讯问室。袁超这个案子带给我的，只有令人打战的寒气。

"真他妈的讽刺。"我骂了一句，头也不回地开车离开。

患抑郁症并不是兰兰的错，错在她得不到科学的医治和亲人正确的对待。生前的兰兰饱受折磨；她死后，杀人凶手居然可以逃脱一死。

2018年12月24日，我在省城出差办理一起案件，晚上在宾馆，教导员发来一张图片和一条语音："小蒋你看，晚上我们去教堂做平安夜安保和消防检查，老赵夫妻开始信教了。"

我回复："这样也好，可能是精神寄托吧。"

回去之后，教堂的老牧师和我说，其实老两口来这里快一年了，赵兰兰的母亲还加入了唱诗班，几乎每个礼拜天都能看到她。

我知道不会得到答案，但还是忍不住问牧师："他们祈祷些什么呢？"

谁动了我的线人

2017年9月14日，所里弥漫着一股奇怪的气氛。

邓所长和教导员闷着头抽烟不说话，看着面前的两个信封。张副所长站在一边，不时抬头看两位领导一眼，同样一句话没有，我和其余几个民警连大气都不敢出。

"人死了，灵棚就在他小区，这礼钱就你去给吧，"邓所长把面前的一个黄皮信封朝我扔过来，"去的时候什么都不许说，当自己是哑巴。"

最终，我没开警车，而是打出租车到了灵棚。没有呼天抢地，也不是热热闹闹的喜丧，我们的金牌线人刘大贵安安静静地躺在那里。

刘大贵的葬礼很简单，只是充斥着帮忙人不断地交头接耳。他没有儿女，父母过世，葬礼上自然没有一个穿孝服的人。他仅有的两个亲人——哥哥和姐姐，将白布放在一旁。

我刚下车，四周的人立刻认出了我，像看怪物一样瞧过来。毕竟一个派出所民警来参加一个吸毒过世的人的丧礼，可以说是奇闻。我快步走向灵堂，刘大贵的哥哥赶紧来迎接，他走到我面前又有些犹豫，不知道该说什么。我赶忙掏出一个信封交到他手里，然后转身头也不回地上车走了，把他扔在原地。

在路上，我连后视镜都没看一眼。

车窗外的景色不断后退，关于吸毒线人刘大贵的这些年在我脑海里跟放电影似的连成一片。

我曾听说过刘大贵来所里报到时的场景。

2014年冬天，凌晨5点多，冻得发抖的菜贩子望向派出所门口。派出所大门前的台阶上，一个瘦得吓人的中年男人坐了好久。他看起来就像菜摊上的冻带鱼。"这人怕不是死了！"菜贩子想给张所（即张副所长）打电话，看到男人嘴里呼出的白气，他的心又放了下来。

一个多小时后，刚睡醒的张所把大贵带进了办公室取暖。大贵渐渐缓了过来，有些支支吾吾，帮忙搀扶大贵的菜贩子知趣地离开。

在张所和很多人心中，大贵就是当地人口中的老"吸毒鬼子"。从上一届老所长在任时，大贵就在我们所里出了名。

2012年夏天，张所初次和大贵打交道，他亲手抓住犯了毒瘾的大贵，把大贵送去戒毒所强制戒毒。当时他问正在值班的戒毒所所长："这海洛因沾上了到底能不能戒掉？"戒毒所所长摇摇头："我干了快四十年，马上要退休了。除了死了的，还真没见过谁吸海洛因能戒掉。"所以两年后，大贵当着张所的面说要戒毒，张所压根不信。

这天凌晨，值了一夜班的张所披着棉警服，趿拉着拖鞋，睡眼惺忪地走下楼。刚要进生活区拿脸盆，他看到了在大门口台阶上坐着的大贵。张所被吓了一跳，睡意全无，马上打开门禁，扶起大贵问："你这是干什么？"

大贵不说话。张所把一身寒气的大贵带到办公室，开了空调，又跑去厨房找到一次性杯子倒热水。缓过来的大贵看着张所长说："我这次一定戒，我来办社区戒毒。"

"能戒了就好，天这么冷，赶紧回家吧。"张所说完，打算去洗漱了。

大贵又重复了一遍："我一定戒毒，下午我来签社戒。"

社戒，是指社区戒毒，为期三年，每月都要做尿检，也就是连续三十六个月接受监管。从警十多年，张所见过太多的吸毒人员说要戒毒。有的痛哭流涕，有的嬉皮笑脸，大多只是人说"鬼话"。

虽然张所没指望大贵再来所里，但他还是审批完社戒决定书，把卷宗锁进案管室，直接归档了。

张所没想到，大贵下午真来了。大贵瘦弱的身体仿佛一根快烧完了的蜡烛头。一阵风吹来，棉衣瞬间被风灌得鼓鼓的，像孔明灯的灯罩。大贵签好社戒，张所就听见了那句"牙疼咒"——"我要当线人"。

有些"吸毒鬼子"一被抓，张嘴就说自己是哪个所的线人，妄图脱身。遇到这种情况，即使是大半夜，办案单位也一定得核实情况。这种事经常搞得张所心烦。猜到自己说话没有效果，大贵要了张所的电话，说一定拿出"诚意"。之后大贵不仅按时来尿检，而且开始有意无意地找张所聊情报。

大贵一身前科，除了继续作奸犯科，成为辖区内的不稳定因素，张所真想不到他还能有什么归宿。但是不管大贵是假装改好，还是真改好，张所决定先给大贵一个机会，在所里给大贵注册了耳目特情。

录入姓名的瞬间，大贵得到了从此往后的新身份。

那次之后，将信将疑的张所还是决定试一试。在大贵的指引下，一个隐藏在出租屋的吸毒窝点被打掉，光是在现场就抓住八个人，顺藤摸瓜的收获就更多了。

我市是全省毒情较为严重的地区，由于地处交通枢纽，北临"四大毒县"之一的临泉县，南接合肥等大都市，所以毒品问题从二十世纪九十年代开始一直困扰我市。

在罗家庄区那边的前庄村、后庄村等老旧小区，登记在册的吸毒人员数以千计，当地人戏言只要是出租车司机的脑子没有坏掉，晚上绝对不可能载人进村，天知道会发生什么事情。

由于贩毒分子多是"以贩养吸"，被捕后就自残、自杀，导致办案民警轻则赔钱重则坐牢。甚至出现癌症晚期的贩毒人员在光天化日下兜售海洛因，却没有警察敢将其抓捕的奇闻。

大贵身为行走在这些人中间的特情，是受保护的。每次通过大贵提供的情报抓人，我们都会首先考虑如何不使他暴露身份，必要的时候还会演一出戏。

我是在2016年秋天认识刘大贵的。当时他刚走出办公室，张所要送他出门。大贵留短发，脸颊深陷，眼睛显得很大，干枯的小臂上布满了注射毒品留下的疤痕。看着大贵渐渐走远，张所扭头告诉我："准备统一行动，建北小区。"

建北小区位于我区中心，附近是商场和中心公园，是闹中取静的高档住宅。大贵提供的情报是，小区二号楼一单元102经常有吸毒、贩毒人员出入。大贵还主动跟张所要求，自己去骗开前门，警察在后门留人埋伏就行。他按响了102的门铃，里面没反应。很快，他的手机响了，是里面的人打来确认情况的。他说了声"买货"，门开了。

我和张所躲在监控的盲区，赶紧发消息给外面待命的同事。不一会儿，走廊的墙角就站满了人。门再次打开，刚迈出门的大贵"恰好"被我们一把扭倒，大家冲进去，控制住房里的人。

刚冲进房间，我就闻到了一股由藏香、海洛因的酸味、难闻的体味混合的气味，恶心透顶。这套价值百万的住宅，被这帮"吸毒鬼子"糟蹋得连狗窝都不如。宽敞的客厅里，卫生纸被扔得满地都是，唯一一个还不错的沙发上染着斑斑血点。玻璃茶几上杂乱地堆放着冰壶、吸管、锡纸，电视柜上放着塑封袋和称量器，客厅角落供着一个财神，香炉冒着青烟。

卧室内，两男一女抱头蹲着。大贵被同事揪进屋里，也被铐着蹲好。但是他的脑袋并没有低下，而是转到一边，眼睛盯着财神前的香炉。张所循着大贵的指示走到财神边，拔掉藏香，把香炉里的灰都倒在了茶几上。一小包一小包沾着香灰的海洛因出现了。经现场称量，一共十七克。

海洛因是那个女"吸毒鬼子"的。她租了这间豪宅，来"以贩养吸"。大贵和两男一女被押上警车，带回所里。女人因贩毒和容留他人吸毒被刑拘，两个在她那里买毒品的男人被拘留。

女人对大贵有疑心，问他会被怎么处理。张所说强戒两年。女人不死心："该不会是姓刘的把我卖了吧？"

"你是不是吸毒把脑子吸坏了？先举报你，再换来两年强戒，他闲得没事干了？"张所打出一张大贵的强戒决定书。

所谓强戒决定书，自然是假的。被宣布"强戒"的大贵，此时正躲在张所办公室喝茶抽烟。那天我们一直忙到晚上10点，大贵要回家，张所坚持留他吃饭。在派出所食堂，我们坐在一起，吃着从隔壁饭店端来的羊肉火锅。

大贵起身去厨房柜子里摸出餐盘，单独给自己盛了一份饭菜。他常年吸毒导致身体不好，选择分餐避嫌，大家都明白，很默契地不点透。张所让大贵别拘谨："我们工作时间都不喝酒，你需要的话去橱柜里拿。"大贵低着头，嘴里的羊肉还没嚼烂，含糊地说："不用，就这已经挺好了。"

其实他只要还在当线人，就和毒品脱不了钩。但我们绝口不提他还在吸毒，一切就在这种默契下进行，并且几乎所有人都认为他真的改邪归正了。

当初大贵因为吸毒，惹怒了父亲老刘，没分到房子。张所出面帮他解决了住所问题。

新留园小区的开发商有次说回迁安置房还剩了好多，空置率超标。张所找到开发商聊起大贵的安置问题，同时也联系了社区主任。他们也愿意做大贵家人的思想工作，都说大贵最近变好了，出点钱让他有个地方住，不流浪在外，自然也就不和下三烂的人来往了。

就这样，大贵的安置房申请谈妥。一次行动结束的庆功宴上，大贵以水代酒敬张所："没有你就没有我的今天。"这话说得有点重，却也是事实，他即将迎来自己的新生活。

没承想，大贵会惨死在张所帮忙筹办的新房里。

2017年9月13日，天气闷热，期待已久的大雨久久不来，只有大风吹着哨子呼啸而过。

我从市局检验中心领完毒品鉴定表，刚回到单位，一楼值班室的同事就说刘大贵死在家里了。

"我去，不会吧？"我扭头找车，却发现所里的警车已全数出动，大家都去了这位金牌线人的死亡现场。

那天下午，我是最后赶到现场的。一到楼下就看到目睹了死亡现场的社区主任正蹲在草丛里呕吐，风中飘散着一股若有若无的霉味。大贵的新房安装的是普通的防盗门，门上的塑料薄膜还没揭去，锁芯也没有被撬的痕迹，拍照之后我们进去了。

现场是间没装修完的毛坯房，站在玄关就可以直接看到身处卧室的死者刘大贵。他就在窗户的正下方，双腿跪倒，上半身趴着，整张脸贴在地上。他穿着拖鞋和短裤，右手紧握着空针管，数根烟头、烟盒和矿泉水瓶散落在他的四周，手机也掉落在地上。

满地水泥灰的毛坯房里，只发现了大贵脚上的横纹塑料拖鞋印。除了不可名状的惨，现场再没任何可疑痕迹。我们当场断定，刘大贵约在两周前，因毒品注射过量死亡。

一米八的张所驼着背，皱着眉，将笔记本夹在胳肢窝下，到小区周边调查大贵生前接触过什么人。张所看上去心事重重，大贵可是他的人。

排除他杀可能的吸毒死亡不属于案件，只要家属对死因没有异议，我们不会立案调查。我问大贵的家属是否对死因有异议，没人回答。直到我说尸检需要支付一笔钱，他的哥哥才说不查了。

刘大贵死了，家属不追究，但民警的心里都堵得慌。三年来，我们的关系不像警察和吸毒者，反倒像同事。大贵不仅提供情报，还亲身到犯罪现场协助我们抓捕毒贩。所有人都知道，心里最难受的人是张所。2014年的冬天，正是张所同意了大贵当线人的申请。

而且大贵的死不一般。大贵可是个老"吸毒鬼子",知道轻重,他怎么会死于吸毒过量呢?

张所盯着投影屏幕上的大贵,心里有些后悔,说自己应该早点给大贵打电话。多年来,大贵除了吸毒没惹过其他事。辖区里的重点人员,我们每一两个月就要联系一下,确保不出事。这才半个月没联系,大贵就死了。

大贵是老"吸毒鬼子",不可能把握不住剂量。我们判断,他可能买到了高纯度毒品,如果是这样,这背后必定隐藏着大案。张所决定顺着手机通话记录查。他开始填写调阅电信资料的审批表,同时打开办案系统,录入案件。

大贵死后,他哥哥来过两次派出所。面对张所的询问,他的态度不冷不热,反问张所:"大贵和你接触最多,他什么情况,你应该比我知道得多。"他哥哥第二次来,直接就质问张所:"大贵怎么死的?他不是按月来所里尿检吗?"

张所一时语塞。

"害死我弟弟的是毒品,希望你们能给他一个交代。"大贵的哥哥把话撂下就走了。刚离开几分钟,市信访办打来电话。大贵的姐姐到市里上访,称派出所把大贵当鱼饵耍着玩,"简直是不像话",要追究责任。大贵姐姐要求:要么把卖毒品给大贵的人抓起来,要么他们一级一级往上告。

挂掉电话,张所心烦意乱,一头扎进会议室研究案子。他在大贵的案件名称上写下了"贩毒案"。张所一门心思填表时，会议室里的人渐渐多了起来。教导员得知大贵的家人上访，准备召集大家合计一下这事怎么办。

教导员向我们分析了大贵的情况，我们在使用大贵这个线人的事情上，完全符合法律法规。我们不仅支付了"特情经费"，还在一些个人问题上予以帮助，于情于理，并没有对不起他的地方。

听着教导员的讲话，张所手一停，有些不高兴："刘大贵和我们所打交道这么长时间，这背后明显有一个贩毒案件，难道不查了？"教导员一愣，他没想到张所会这么说。家属上访，对我们民警来说是很大的压力。教导员觉得大贵的家人并不在乎破获贩毒案，而是希望所里出钱。

张所说："你有你的考虑，我要做我的工作。贩毒案件我会接着查，至于他家人怎么说，那是他们的事。大贵为我们所的禁毒工作贡献了不少，我要抓住人还他个公道！"

张所铁了心要给大贵的死一个说法。我看到他下楼发动所里的那辆老帕萨特，不知道准备去哪儿摸线索。我有些不放心，追下楼，拉开车门坐了进去。张所点燃一根烟，深吸一口："你觉得我说得有没有道理？"

我知道他还在为教导员的话生气，就模棱两可地说："他们上访是为了钱，但我们又用了大贵这么久，应了那句'我不杀伯仁，伯仁因我而死'。"

"得了啊！"张所打断我的话，"你就是两面光。案件一定要查，你来不来？"

"走，查！"

大贵死的那天，张所决定从大贵的手机开始调查。他熬了一夜，就把里面上百条通话记录都抄写到了自己的笔记本上。张所虽然是八零后，却是个老派的警察。他相信一脚一脚地走访调查，不信任智能设备，始终用着诺基亚的老人机。

大贵死前的一个月，联系最多的是一个"139"开头的无记名电话，张所把号码交给技术方面的负责人。照理说等结果的这段时间，可以歇一歇，但他没有停，直接找图侦想搞清楚大贵死前的作息情况。

结果发现，那段时间里，大贵经常去四院附近。四院也叫精神病专科医院，市里的美沙酮戒毒门诊设立在这儿，是吸毒人员的聚集地。可很多"吸毒鬼子"在这儿徘徊，不为就诊，而是直接钻进隐秘的巷子后交易毒品。

一个叫"老段"的毒贩进入张所的视线。老段蹲过九年监狱，两个月前刚出来，出狱后重操旧业，以贩养吸。他就是大贵死前联系得最多的人。

老段两口子都吸毒，他老婆在四院附近摆早点摊，也帮老段盯梢。如果发现附近有便衣溜达，老段会立刻消失。她常在办案单位胡闹，给老段打掩护。有一次我曾亲眼看到她推着轮椅上的老段去检察院签取保候审，对外说是车祸。进去时，老段一副活不久的"棺材瓤子"样；出了检察院，他把折叠轮椅一收，提溜起来就走。

老段家住在四院家属院"精神病大院"，由于不属于我们辖区，张所这趟来只是提前侦查。

这里是棚户区，以自建房和老宿舍楼为主，地形复杂得像耗子窝。一百来米的上坡路两侧，都岔开一条条只容两人并排走的小巷，这些小巷像蚂蚁巢一样四通八达。如果在这儿摁倒一个"吸毒鬼子"，惊动了老段，没有十天半个月，他不可能再露面。

"没法逮啊！"张所觉得有些棘手。我们决定先研究一下老段的出门规律。调取监控的时候，老段家附近的摄像头正好在维修，我们在分机上看不到图像。张所急了，快下班了也非要拉着我去总机那边看。

这几天，勘查大贵的尸体、安抚大贵的家人、侦查老段贩毒，无论是张所还是其余人，都身心俱疲。

卖毒品给大贵的老段一直不露面，我们也没找到可靠的线索。等待张所下一步的行动通知时，我没事就跑去辖区内的"未来星"网吧玩游戏，顺便和老板小纪打听："四院的老段能不能给点提示？咱们在找他。"

小纪说："老弟，你这就为难我了，我那些朋友都是玩'冰'的，海洛因跨领域了，还真不知道。"小纪说得非常诚恳，不像撒谎，我也没好说什么。

小纪算是个兼职的"特情"。

　　有时候我们揶揄他出卖朋友，小纪总是理直气壮地说："毒品可不是什么好玩意儿，我举报他们是在帮他们，做好事呢！"

　　小纪是个"老江湖"。他刚满十八岁时，帮朋友打架，因非法持枪入狱两年半，出狱后又因为吸食冰毒被拘留过。相比无依无靠的大贵，小纪还有父母在后面帮衬，借钱帮他开了网吧。然而网吧的生意并不好做，而且因为开在自建房里，每次消防检查都不合格，办不下消防证，一直处于无证经营的状态。

　　我常劝他花点钱把网吧彻底整修好，把消防验收给过了。小纪每次都答应得好好的，实际上他出不起整改的钱。这么一个小城区，没多少年轻人，客源都成问题。小纪把生计都押在了网吧上，却一直在赔钱。但除了开网吧、做游戏代练，他想不到其他的挣钱办法。

　　一天，社区大姐找到张所，说小纪店里多了台老虎机。怕他重操旧业，张所气冲冲地去了网吧，说要教育他。我赶到时，张所正要把小纪带走拘留。小纪嚷嚷着："你怎么老和我过不去！这机子你要收就收！凭什么拘老子！"

　　我走上去一脚踢烂木壳老虎机，再把电路板拆出来掰了，现场销毁，然后把张所拉到一边："小纪也许知道老段的事，不好撕破脸。"

　　2017年9月下旬，辖区的消防大队联合派出所清理消防隐患严重的小网吧、小KTV。小纪的网吧自然在清理之列。消防大队的一个中尉警官毫不客气地给小纪的网吧贴了封条。

小纪很生气，但消防大队的人都是武警，他不敢发作。他以为是张所把事情捅给了消防，拱起一股子火对张所说："你整我是吧！我这下要去干一票大的！"

小纪只会开网吧，而大贵只会当线人。

小纪有自己的家庭，游离在特情职业的边缘，平时和我们的关系忽远忽近。而大贵曾经一度无家可归，直到他把派出所当成自己的家。有段时间，大贵来派出所跟上班似的，大大方方走进来给大家发烟，再上楼去张所的办公室聊天。

张所也愿意这样，不仅是因为大贵让我们屡破贩毒案，还有一个原因，就是大贵和我们所的渊源不浅，老所长在任时大贵就是"重点人口"，老所长走后，这个担子也算是交给了张所。

我们的老所长参加过抗美援朝，就在大贵的父亲——老刘的手下当兵。大贵是小儿子，老刘当初宁可让大贵的哥哥姐姐辍学，也要坚持供大贵读书。结果大贵不争气，学校管不了，家里留不住，初二便辍学跑到广东"下海"去了。一晃几年，钱没挣到一分，他倒是带回一身毒瘾。没人知道大贵在广州干了什么，但可以确认，他吸海洛因。

一辈子耿直的老刘，把大贵捆在院子里的泡桐树上，拿鞭子把他抽得鬼哭狼嚎。邻居听得心惊肉跳："这哪是打儿子，简直就是打鬼子。"大家劝下了老刘的鞭子，但老刘紧接着就把大贵捆上，送去了派出所。老所长看着气呼呼的老刘和一身伤的大贵，想拘留大贵几天，让老刘消消气。可老刘不依不饶，非要让大贵劳教两年。

自那之后，大贵经常出入戒毒所。派出所的人换了一批又一批，老所长退休了，张所就接着管大贵。我们所里，就没有哪个民警不认识刘大贵。

老刘对这个儿子心灰意冷，大贵回家时，连大门都进不去，哥哥姐姐也对他没有好脸色。张所把大贵送去强戒那次，老刘家的小区正在拆迁。老刘还生着气呢，根本没给正在戒毒的大贵申请拆迁房。大贵从戒毒所出来，没地方去，只能到处瞎混，继续吸毒。

老刘的心被大贵伤透了，但据说老刘去世前，始终放心不下大贵。2012年夏天，已经重病在身的老刘还颤颤巍巍地来派出所，递给张所一千块钱，嘱咐他交到大贵的账上。

2014年秋天，老刘去世。出殡那天，小区上空回荡着哀乐，一放就是一天，很多人都来吊唁。"老部队来人了！"随着人群里一声喊，熙熙攘攘的人流自动分开，两个小战士一左一右端着花圈缓缓走进灵棚，花圈上写着"刘老英雄一路走好"，落款是某集团军政治部。

看热闹的闲汉们议论纷纷："老刘是被大贵气死的，死不瞑目。"等大贵解除强戒被放出来，老刘已经去世两个月了。他匆忙赶回家，却被哥哥拒之门外，甚至连父亲的墓地在哪儿都没人告诉他。

因为父亲去世，大贵这才下定决心，找到张所要求当线人。张所说过，这人是在赎罪呢。

2014年，大贵决定变成好人后，中秋节和春节，哥哥喊他回家团聚，也允许他去给父亲上坟了。亲戚只是知道，大贵改好了，每个月坚持去派出所尿检，"警察们都对他客客气气的"。

2016年初，张所到处找人帮忙操办大贵新房的事。但在高兴之余，他有一件事没告诉大贵——这个房买完，他就不要大贵当线人了。只要继续当线人，大贵就没法真正脱离毒品。

但大贵显然没有做好心理准备。

帮大贵办理安置房时，张所看到大贵的户籍照片还是黑白的，二十多年来，大贵没有身份证，张所劝大贵把身份证办了。大贵死活不同意："我这个有前科的人，一用身份证就报警，还不如不办，反正也没什么地方用。"最后，办理安置房手续时，还是所里给他出了户籍证明。

张所还帮大贵申请了低保，谈好了一份小区保洁的工作介绍给大贵。大贵死了以后我们才知道，当时街道司法所和小区物业经理说好了，给大贵安置工作，打扫小区卫生，一个月九百块钱。大贵谢绝了，说小区里一大半人都认识他，不好意思去干保洁，领低保也够自己生活了。

他大概是在心里认定了自己这辈子只能做特情。

不久后，一件跨省贩毒案进入了警方的侦查视线，毒品流入市里分岔形成网络，末端是众多"吸毒鬼子"，其中就有半只脚还踏在毒窝里的大贵。

网络里有个关键人物被我们发展成新特情，这个人叫杨侠，她好吃懒做，毒瘾极大，为了好处什么都做得出。领导质疑新特情的忠诚度，这种大案不能马虎，否则不仅拖累警力，还会拉长战线。不少人都想让大贵参加，配合默契且没风险。

"这个时候了，用他就是在害他。"最后张所拍板，选择最险的方案，直接起用新特情。

那段时间，我们刻意冷落了大贵。他来所里找张所聊情报，张所只是记下来，然后推托说："近期工作重点不在毒品上。"有些被冷落的刘大贵眼神里满是疑惑。

刘大贵悟不到张所的良苦用心。他潜意识里认为自己的一切都是派出所给的，在以前，自己一个衣食无着、人见人憎的"吸毒鬼子"，能回归家庭，能被人看得起，能有自己的房子，简直想也不敢想。没有钱，也没有一点特长，唯一可以回报张所的只有一个个关于毒品的情报。

时间总是过得非常快的，2016年就这样过去了，然而张所仍然没有起用大贵的意思，但是大贵想报恩的心思没断过。而我们还是那句话——"再用他就是害他"。

谁也不知道，大贵最后的那段时间，在那套新房里是如何度过的。

张所对这桩案件如此上心，就是因为他无数次想救大贵，却变成这个结果。我们只能暂时紧盯卖毒品给大贵的老段，等待机会找一个突破口。

虽然小纪没透露老段的情报，但张所摸清了老段的贩毒案件。这人毕竟是坐过九年大牢的，反侦查能力非常强，进货的日子飘忽不定，几乎从不离开"精神病大院"。老段得知毒品吸死人的消息后，把交易地点换到了一个叫"新新石料"的废弃矿区。

废弃矿区是二十世纪九十年代开发的矿场，由于环境整治，2008年被查封，又因为地处城市边缘，没什么开发价值，一放就是十年。这里靠近老旧居民区，老矿场花坛边的环境不错，是附近市民打牌的常去处。废旧矿山设备上长满了杂草。四周空旷，一览无余。

老段从家骑摩托车来交易，十分钟就能到达，放下东西，拿上钱就走。我们想在这里抓捕他，无疑也十分困难。通往石料厂的路窄，弯多，人们主要靠摩托车和电瓶车出行，几乎没有汽车，老段如果看到附近有陌生汽车，一定会变换交易地点。

即使困难重重，也要在老矿场把老段人赃并获。为了抓到老段，张所下了大力气，甚至动用了市局同学的关系获取线索，如果只能定老段一个非法携带毒品罪，那就太丢人了。

某一天早上5点多，张所打电话过来，让我立即和他会合去抓人。

张所带着我和另外两个民警，把车停在距离石料厂非常
远的地方。一个同事留在车里，我们仨拿着保温杯，扮作晨
练的市民走入石料厂。破损的大钢筋铁门后面就是小花坛，
花坛背后是一幢废旧的三层工人宿舍楼，再往里走，只有一
大片荒地、一堆高大的石头。埋伏地点就定在花坛附近，一
旦抓捕成功，同事马上开车过来接我们撤退。

我们仨在花坛边拿出扑克，一个拎着一捆大白菜的光
头大哥走过来，加入了我们的牌局。我用余光一直观察周
围：四周的人三两成群，有七八局扑克，有人在观战，有人
把买的菜挂一边的树上后专心致志地打牌，而我们四个毫不
显眼。

上午8点半，一个塌眉毛、圆脸，光着膀子、穿着大花
裤衩的胖胖的中年男人骑着一辆破旧的摩托车缓缓而来，是
老段。他常年剃贴着头皮的平头。花坛对面有个穿黄T恤的
瘦弱男人也引起了我们注意，他应该就是来买货的"吸毒
鬼子"。

老段转了一圈，好像没发现异常，恰好在离我两米多
远的地方停下车。他还没来得及停好摩托车，我把牌一撂，
两步蹿上去，右手抓住老段的左胳膊，同时脚下一绊，把
他按到地上。几乎同时，张所猛地一脚踢倒摩托车，防
止老段骑车跑路。另一个同事上前扭倒"黄T恤"，上了
手铐。

我们从老段摩托车座位下面搜到了十多个塑封的小包海
洛因。坐在地上的老段一直重复着："兄弟是哪个分局的？

我搞个明白！"

和我们一起打牌的中年光头大哥可能被惊着了，我一转头，发现他拎着菜走远了，只剩慌慌张张的背影。

我们都没理老段，等车开来，把两人押了上去。

审老段的时候，张所是狠了心要挖到底的。张所的性格倔，不太会说话，谁都敢得罪，而且日常生活中，几乎和谁都没有私交。我们分局有一句老话："请局长吃饭容易，请张所吃饭难。"

在办案区，老段笑嘻嘻的，显得很无所谓的样子，对搜出的毒品，知无不言，言无不尽。其实，他心里特明白，十几小包海洛因，一共不过三五克，即便交代个一清二楚，也判不了他多久，所以他根本不会咬出上线或者给我们提供其他线索来换取轻判。老段的手机在一旁的涉案财物管理柜里响个不停。"没办法，业务繁忙。"他嬉皮笑脸地说。

贩毒的基本文书和笔录完成了之后，张所完全没有送老段去看守所的意思。一直到下午4点多，他还在和老段东拉西扯。从老段怎么沾上毒品到坐牢的经历，几乎聊了个遍。

老段聊得口干舌燥，我给他面前的一次性纸杯不停添水，他上了好几次厕所。

"老段，你这次的海洛因卖完了，估计要去搞冰毒了吧？"

"啊……有这个打算。"

"知道我为什么了解得这么清楚吗？你的货吃死人

了吧!"

老段有些焦躁不安,他不知道张所葫芦里卖的什么药。而且此时的老段,已经犯毒瘾了。

这时,从四院买来的美沙酮送到了讯问室。这是张所计划好的。美沙酮是帮助戒除海洛因的药物,能有效缓解海洛因成瘾,也是戒毒人员进行药物维持治疗的必需品。

很多案子的案情复杂,审讯时间长,市局从公安办案实践出发,出台了规定,可以在医生签发后,给正处于讯问中的涉毒人员提供美沙酮缓解毒瘾,保障执法活动正常进行。

老段看着近在咫尺的美沙酮,有些着急,毒瘾煎熬之下,实在是不好过。但是他心里清楚,自己即使不从轻也判不了多久,交代了上线,虽然有美沙酮喝,但是把别人"点炮"了,服刑出来了也不好过。老段心急如焚,又抖腿又皱眉,在讯问椅上一会儿换一个姿势。我觉得有些好笑。

张所胸有成竹,又加了一把火:"熬不住了?想喝?老段,你知道我们要什么,你拿点诚意出来。"这下换张所笑着说了:"忘了说了,刘大贵应该是用你的货才过量死的吧。小蒋,这够不够过失致人死亡?"

我马上接下这出双簧:"我怎么没想到!我去问问领导,看能不能定。"

"别别别!我知道哪里马上要走'大货',广东货!别折腾我了行吗!我他妈真服了!"我屁股还没抬起来,老段就中计了。

我重新坐好，把美沙酮递给他。老段喝完缓了一会儿，交代了。他刚出狱的时候，不知道"吸毒鬼子"们都玩什么纯度，毕竟九年过去了。他通过老关系，去外省拿了货，"那一批挺纯的，谁知后来刘大贵抽死了"。

毕竟因为他的货死人了，他也知道肯定要被追查，打算货出完就改行卖冰毒。"线都搭好了，还没来得及搞就被逮了。"

"你说的走'大货'是什么意思？"张所追问。

"我知道南方可以拿到'冰'，我们市已经有人去了。我一开始不信的，太远了，可那消息有鼻子有眼，你们区有个叫小飞的去拿'大货'了，估摸着这几天就回来。"

"你这说了半天等于没说！哪个小飞？去广东什么地方拿货？你这三无消息哄鬼呢吧！"张所很不满意老段的说辞。

"该不会是小纪？小纪的大名叫纪飞！你说的小飞是不是个二十多岁，高高的小伙子？"我问老段。

"我不清楚。我们基本不怎么见面，都是电话联系。"老段说。

张所给老段办好刑拘手续，送押看守所的车子在外面早就准备齐活，"毒贩"老段又要回看守所了，买毒品的"黄T恤"则强戒两年。

全所人聚齐，又是一夜无眠。大家根据老段的手机，开始研判到底谁是"小飞"。毒贩口中的"大货"通常都是千克级别，局领导对案件极其重视，禁毒支队也派人来帮忙。

线索很快出来了。"小飞"驾驶租来的黑色桑塔纳正行驶在高速上，往我市方向驶来。一队全副武装的特警在高速路口附近待命，交警支队也在路口准备堵截，一组人马带着辨认笔录前往租车公司询问老板。

凌晨2点，我和一队民警坐在一辆熄了灯的白色依维柯面包车里，在服务区静静等待目标的到来。和往常比，高速路收费口并没有什么不同，这是"内紧外松"的部署，暗哨和卡点都在宽大的高速路口部署完毕了。

2点30分，黑色桑塔纳出现了，正在向高速路口疾驰，我面前一道黑影驶过，对讲机里传来声音："目标出现，依维柯跟上。"

白色依维柯紧跟着桑塔纳，沿高速行驶，车内气氛很紧张，这是一个千克级的贩毒案，嫌疑人可能有枪，我们虽然穿着防弹衣，手心还是在出汗。

黑色桑塔纳停在了收费口，一只胳膊从驾驶室里伸出来，递给收费员一张通行卡，接着缩回手掏钱。

"吱"的一声，我们和前方的特警黑色运兵车，堵在了桑塔纳的前后。

"警察！不许动！下车熄火！"特警迅速下车，枪口指着驾驶室。桑塔纳被团团围住，一个民警迅速拽开车门，大家一拥而上。车里的人被拽着后衣领和双手拖出了驾驶室。

我上前一看，是小纪。小纪被戴上黑色头套，押回了市局。

打开桑塔纳的后备厢，一箱"农夫山泉"纸盒里装着三大袋塑封好的白色晶体。小纪没有吹牛，他的确干了一票大的，冰毒三千克，这次小纪是活不了了。真搞不明白，他有父母有妻女，家里还愿意给他出钱开网吧，他拥有刘大贵梦寐以求的一切，最后还是变成了这样。

近一个月，派出所又恢复了安静，两个特情可以说都死了。

一个死得很惨，一个即将面对死刑。

"沾上这玩意儿，死也是早晚的事。"张所说。我们深以为然。没有人再提刘大贵和小纪，除了那些沉睡在档案室的卷宗之外，他俩仿佛从未出现过一样。

大贵死后一个月，派出所又恢复了平静。他的家人没有继续上访，他们没想到，张所和大家会全力追查，丝毫没有出钱来息事宁人的意思。大贵的哥哥姐姐转移了目标——大贵房子的归属权。房款还没付清，自然也没人愿意去付。就算买下来，也没人敢接手死过人的房子。大贵的哥哥和开发商以及物业打起了官司。

虽然张所觉得吸毒的人横死是早晚的事，但他提起大贵时，却很难去下一个绝对的判断："这个人还可以，如果不沾毒品。"

而我想起大贵，却是这两个场景。

　　大贵被所里拒绝出任务时，经常来大门口坐着，有次他刚刚坐定，路边有个买菜的老太太一头栽倒在地。大贵慌忙去扶，背起来就跑向医院。后来化险为夷，老太太提出要感谢那个飞奔的男人时，大贵倒躲进派出所不出来了。他让民警跟人家说救人的已经走了，没人认识是谁。

　　"人家要是知道了我，免不了打听。一打听，得，是个老吸毒的。"大贵事后这么说。

　　另一个场景是在庆功宴上，大贵照常给自己盛饭后在一旁吃。要他别拘谨，他说这样就很好。

　　刘大贵说，自从当上特情以后，不仅能在我们所里吃点饭，中秋节和春节期间他大哥也不忘喊他一起过节。他专门谈起，在家里可不是像在所里一样分餐，而是就坐在桌子旁一起吃，一家人也不避讳。

　　说到这里，他那张瘦得可怕的脸笑了起来，眼里涌动出一股光。

女子监狱来信

2018年初冬，凌晨1点，我正在枪械库值班，被突然响起的电话吵醒。

副所长老张匆忙给我下任务："注意所里的大门，凌晨3点钟，市区刑警队重案组的两个同事来送狗，接一下。"

"送什么？狗？"我们派出所收到过刑警队送来的嫌疑人、文书、赃物……还没听说过送狗的。

"一条白色比熊犬。"张所非常确定地说。

我还想继续问，但他有些不耐烦了："你把狗拴院子里，等我明天上班再说。"

"是我的线人杨侠的狗。"挂掉电话前，他又补充道。

听到杨侠的名字，我立刻觉得刑警队半夜送狗的事情变得合理了。杨侠是我们辖区的老"吸毒鬼子"，一个中年的单身女人，时不时会搞出一些事情让我们这些民警摸不着头脑。但我们的关系不错，张所和她走得更近，俩人是朋友，虽然我和张所是在同一天认识杨侠的。

2017年1月24日，有情报说辖区一栋九十年代建成的旧居民楼里，隐藏着一个毒品集散窝点。小区就在路边，楼道的窗户都是很老式的水泥菱形方格，住的都是老头、老太太。

情报很模糊，我们只知道一个外号是"长毛"的人在这里贩毒，却没有嫌疑人的照片。我们推测，长毛可能是个发型怪异的中年男人。

我和张所藏在车里，盯着进出居民楼的人。犯了烟瘾的张所一个接一个地嚼着槟榔，足足熬了一天一夜。发型怪异的男人没等到，我们只看到一个瘦高、留光头的男人下了出租车，走到二单元门口张望了一会儿才进去。这人精神萎靡，不是个贩毒的，也是个吸毒的。

我和张所埋伏在单元楼内，不到十分钟，一扇大红铁门开了。光头男人从屋里退出来关上门，还没转身，就被我和张所控制住了。张所铐住男人的一个手腕，把铐子的另一端牢牢抓在自己手里。

"开门！"张所压低声音。

光头男人独自暴露在猫眼下敲门，大红铁门刚露出一条缝，张所一脚踹上去，开门的男人被撞倒在地。我"咔"地甩出警棍，冲进屋内。

这是二十世纪九十年代的旧屋，地上的瓷砖全是大红大紫的纹饰。客厅很宽敞，却没有一点生活气息，家电都没有，只摆了张木沙发和几个凳子。

我走进一间没安装电灯的卧室，侧身观察时突然发现地面有点点火光。我打开手电一照，差点把自己吓死——几炷飘着缕缕青烟的香插在香炉里，摆在地上的两幅黑白遗像前。

我回到客厅，张所在问那两个被铐住的男人谁是长毛，没人承认，也没人说长毛在哪里。我又往开着灯的卧室里望去，床上坐着个中年女人，只穿了件内衣，肩上的黑色吊带半挂着，看样子是在睡梦中被惊醒。她枯黄的头发乱糟糟地遮住了脸，我看不清长相。

增援的女民警赶来，她戴好橡胶手套，把散落在地上的衣服仔细检查一遍，没发现危险物品。我们回避，等待女人穿戴整齐。不一会儿，屋里响起"哗啦啦"的手铐摩擦声。女人出现在我和张所面前。

她眼圈乌黑，皮肤蜡黄，染过的头发像一团枯草，身上的羽绒服有些脏，黄色毛领像头发一样杂乱。女人出门时，头埋得很深，尽量不让别人看到她的脸。她木然地上了警车，自觉坐进后排，低着头不讲话。

她就是房子的主人杨侠。谁也不会想到，以后我们会成为熟人，张所甚至成了她可以托付宠物的朋友。

张所和杨侠头一次打交道，就是点灯熬油地"盘道"。

我们查过杨侠的老底，她没少干小偷小摸的事情，背着不少前科，肯定是死皮赖脸的"滚刀肉"。一想到她把摆放着父母遗像的家变成吸毒窝点，再看着她行尸走肉似的皮囊，我对她一点好感都生不出来。

杨侠签完笔录，也不追问我们要怎么处理她，就是低头玩自己面前的一次性纸杯，时不时抬头看我们一眼。

找不到情报里提到的毒贩"长毛"，这起案子很快就会办完。如果不出意外，两个男人最多就是治安拘留然后送去强戒所；杨侠涉嫌容留他人吸毒，马上要办理刑事拘留并送往看守所。

我准备送这三个人去监区，当我拿着钥匙下楼的时候，正好看见张所端着茶杯，抽着烟又走进了办案区。我心想："不好，今晚又要熬夜了。"

说实话，我对张所在工作中的敬业精神非常佩服。他破获过千克级的贩毒大案，曾经一人一枪震慑住一众手持砍刀的社会混子。他在执法办案中容不得别人半点质疑，他一个副所长去顶撞所长更是家常便饭。我只要在工作中逆了他的命令，也是动辄就被骂。

对涉毒案件，他不榨干嫌疑人的最后一点情报价值绝不罢休，他是铁了心要问出到底谁是长毛。我不敢催张所，按他的臭脾气，肯定会直接撵我出去。

张所主审杨侠，但他没有急着和她聊，而是拿着她的手机点个没完，想从通话记录里找出关于长毛的蛛丝马迹。可吸毒人员多是用不记名的电话卡，大部分号码都没备注姓名，有的也只是"老虎""丽丽""光头李"之类的花名，无从查起。

隔壁候问室里，两个吸毒的男人还在犯毒瘾，正哭爹喊娘地说自己难受。我怕这些人出事，有些着急，忍不住抖腿，还不时看表，手机亮屏又熄屏。而张所这头，还在淡定地抄杨侠手机里储存的电话号码，不慌不忙。

坐在讯问椅上的杨侠看着张所认真的样子，"扑哧"一下笑了。

"你笑什么？"张所抬起头问。

"你们想找谁，直接问我不就得了。提供线索能减轻处罚，这点道理我懂。"杨侠压低声音，应该是不想被隔壁人听见。

第一次抓获杨侠，我们不清楚她的脾气秉性，不敢贸然发问，没想到杨侠还挺主动。

张所顺势问："长毛是谁？"

杨侠又笑了。笑起来的杨侠，眼睛和浓重的黑眼圈融为一体，坐在对面，根本看不见她的眼睛在哪里，让我觉得瘆得慌。

"我当是谁呢！就隔壁那瘦高光头。"杨侠这次差点没压住声音。

我和张所都很惊讶。"长毛"这外号起得也太不严谨了。杨侠解释说，瘦高光头的外号其实是"长矛"，因为他身材细长，脑袋还是个亮晶晶的光头，看上去像一杆矛。

这家伙利用杨侠的房子贩毒，他给杨侠的好处是：毒品送货上门，价格好商量。

想从吸毒人员嘴里撬开上线非常困难，这是断毒源，甚至招祸端的事，哪有吸毒的人这么傻。但杨侠却和一般的"吸毒鬼子"不同，她根本不需要我们多说，就知道怎么配合。只用一个名字，杨侠涉嫌容留他人吸毒的罪行就换成了取保候审。

这种"一点就透"的人，其实非常适合发展成线人。我知道张所一定也这么想，但他用人一向谨慎，就算警察和线人之间是纯粹的利益交换，也不是什么人都值得信任的。

长矛这人满身病，即使涉嫌贩毒也难以关押，如果让他知道是杨侠"点炮"，可能还没等她当上线人，就已经招来报复了。隔壁讯问室里，带走长矛的缉毒民警有意无意地提及，要给杨侠处以治安拘留、刑事拘留、强制戒毒"三连发"。

张所告诉杨侠："你在这儿坐一会儿，等长矛被带走再离开。"

杨侠听了，还反过来安慰张所："不用担心我。你们演戏演全套，以后还有合作机会。"

大家都知道张所用过很多线人，曾经有别的单位的人开玩笑：但凡抓到一个吸毒的，十个里有八个都说"我是所长张哥的线人"。但这些人多是在糊弄民警。

张所的金牌线人叫大贵。张所为了让大贵的生活回归正轨，帮他争取拆迁房，还帮他在小区里找工作，却在特情工作上刻意疏远他。此时杨侠的出现，就非常及时。张所需要一个可靠的线人。

张所查了杨侠的户籍，发现她出生于本省最北的偏僻小城，嫁到我们这边已经是二十年前的事情了。她很早就是派出所的重点人员了，不过身份证没更新过，照片还是她十六岁时拍摄的黑白人像。那时的杨侠有一双大眼，短发，圆脸，虽然算不上美女，但至少有青春活力，与如今眼窝深陷、脸颊垮塌的形象完全不同。

我们都很清楚，杨侠算是本地很有"资历"的吸毒人员了，同样是提供名字，她能给我们最想要的，而不像其他人，总是拐弯抹角地给些不疼不痒的情报。但我们还摸不透杨侠如此配合的原因，张所并没有立即培养她当线人。

按照惯例，张所会对看上的人先进行考验。找她要一两个小线索，看看能不能顺利地破一起案子。如果结果还能像今天这样，就可以放心用她了。

辅警老靳也想劝张所把杨侠发展成线人。老靳的理由很简单："这女人一看就是在社会上漂泊惯了，被各种人骗。"

2017年3月，寒冬还未退去，没等张所给杨侠发出考验，她主动来派出所给我们送了一个"大礼"。

杨侠的神态依旧萎靡，但衣着打扮倒是周正了许多。她把头发梳成马尾，穿了件干净的蓝色呢子大衣，配着长筒马靴，脸上搽了粉。只是她化的妆不伦不类的，虽然我不懂化妆，但也看得出来：本不健康的脸色上覆了一层白，再加上两个黑眼圈，看起来有点像香港电影里的僵尸。

杨侠鬼鬼祟祟地闪到调解室坐下。"张所呢？我找他有事。"杨侠坐得端正，有点期待地抬起头看我。我带她去了张所的办公室，张所正披着大衣在阅卷。刚一进屋，杨侠就热情地抬起胳膊，伸出鸡爪似的手要和张所握手，张所摆着手，让她先坐在椅子上。杨侠看我还在，就一直不说话。她是我领过来的，我也不敢走。办公室里的气氛有点尴尬。张所只好让我下楼，拎瓶热水回来泡茶。

我用最快的速度下楼，因为担心杨侠是来闹事情的。办公室里没监控，涉毒人员自残或要挟民警的事发生过不少。我拎着热水瓶赶紧回来，把茶端到杨侠面前，她朝我笑，说"谢谢"，漾出满脸的皱纹。

杨侠交给张所的"投名状"是隐藏在郊县独栋农宅里，一个身背多省通缉令的大贼。他的通缉令能从我市的火车站，一直贴到一千多千米外的地方。传说，这个大贼一年只出门两趟，专门坐不需要登记身份的"黑大巴"。他所到之处，穿着稍微体面点的人，他们的口袋肯定被他扒得像水洗过一样干净。而且，他每次在扒窃地点的停留时间都不超过半小时，行迹诡异。

如果能逮住他，绝对是大功一件。奇怪的是，我们最近没抓住杨侠违法犯罪的把柄，她却主动来提供线索，而且一张嘴就供出一条大鱼。我实在想不明白，她到底图我们民警什么。

杨侠说，她通过毒友认识了大贼，有时给他送点毒品或锡纸。她有些得意："除非靠我，不然你们绝对逮不到他。"

给毒友"点炮"不是好活儿，很多线人会向民警要求千万别让自己露脸，还有的线人临时讲条件，比如要求加钱。杨侠却丝毫不担心自己可能被暴露，她坐在张所的车里，时不时笑几声，好像自己不是当抓人的"饵"，而是来春游的。

中午，村里十分冷清。我们来到大贼藏身的农宅附近，杨侠还主动介绍情况："他家就一个人，一没后门，二没狗，以你们的身手应该没问题。"

她径直走到门口，拍了拍大红铁门上的虎头门环，然后退了一步，让大贼从猫眼里看清自己。门刚展开一条缝，张所一把拉开杨侠，一记凌厉的踢腿踹开大门。大贼当场倒地，被我们拿下。抓捕过程不到一分钟，都没惊动村里的狗。

"×！你个吃里爬外的贱人……"大贼被戴上了头套还在骂脏话。杨侠背过脸，朝着大贼家的墙壁，似乎有些不好意思看他被带上警车。

大贼的盗窃数额巨大，够判个无期，我们不担心他报复杨侠。但杨侠看起来没有回家的意思。没走几步，杨侠在派出所门口的小超市停下。我嘀咕着："不想走？办案区随时欢迎你。"

"张所，我想吃溜溜梅。"杨侠突然回头，笑着冲张所说。她笑得十分开心，虽然已经四十多岁了，但此时就像一个撒娇的小女孩。

张所愣了几秒，我们都对这个突如其来的要求不知所措。线人提要求不少见，不过都是要两包烟或要求民警送回家，我们还是头一回遇到办完案子要吃零食的线人。

这点小事不值得走公用账户，我们自掏腰包，贴钱办案。张所从口袋里掏出十块钱，让我去买。我花三块钱买了一包溜溜梅，杨侠的手却揣在衣兜里不肯伸出来拿。"我要吃大袋的。"

张所笑了，对我扬了扬下巴，让我再去买。我没客气，把张所给的钱都花了。杨侠笑得十分开心，撕开绿色包装袋，扔在地上，丢了一颗话梅到嘴里。她吃话梅的时候，闭着眼睛，深呼吸，非常陶醉。她吃完第一颗话梅后，说了句"谢谢"就离开了。

我和张所在一旁哭笑不得：这个女人，真不按常理出牌。

抓到了大贼，邓所长很开心，当即给了五百元作为抓逃奖励，也没想起来问杨侠的情况。

张所并不是包庇杨侠还在吸毒的事实，只是希望她能少来几趟派出所，尽量活得像个正常人。他也知道，杨侠是老吸毒人员，教育已经没有效果，戒毒也是徒劳，出来肯定会复吸。但按照程序，张所还是填了张《社区戒毒决定书》，让我送去杨侠所在的社区。《社区戒毒决定书》需要送达街道或者社区禁毒办、派出所。被戒毒人需要每月去派出所进行尿检，持续三年。

我换上便服，骑上电瓶车，一路上都在想杨侠为什么这么奇怪。她给张所当线人，怎么看都不像是只为换取对自己吸毒问题的从轻处罚，我甚至觉得，她好像不太在乎能从张所那里得到什么好处。

"嘭"的一声，我不小心撞上一辆拉生蚝的电三轮，电瓶车的车头撞凹了一块。都出了车祸了，我脑子里还在想：杨侠这样的人，真没见过。

到了社区，我向主管戒毒工作的大妈说明了来意。大妈对着我直摇头，然后从抽屉里拿出一沓纸。我翻了翻，这些文件除了右下角的红章不同，内容都差不多，全是杨侠的《社区戒毒决定书》。

"这一沓几乎把全市分局的章凑齐了，可以召唤神龙啊！"我朝大妈开玩笑，她没听懂我的笑话，一脸不情愿地拒绝我送来的文件。

大妈抱怨："杨侠的户口不在这儿，她住的是她哥哥的房子。社区哪年都能收到几张她的《社区戒毒决定书》，她从来不按月做尿检，上门走访也不开门……"

大妈建议我去杨侠户口所在的派出所找办法。没想到，就连杨侠户口所在的派出所的人也都对她死心了。我走进派出所的时候，一位民警正在办公室里看案卷。听到是杨侠的事情，他头都没抬，根本不伸手接我送来的文件，就说："知道了。反正她也不来尿检，这家伙早晚吸毒吸死。"

我惊讶于对方的冷漠和他说的话。说实话，我感觉杨侠还不错，挺配合工作的，也不给我和张所找麻烦，怎么她在自己户籍所在地的派出所这么招恨呢？

那位民警端着老师傅的架子，把案卷一放，和我聊起杨侠。他说他第一次把杨侠铐回来后，杨侠根本不配合调查，问笔录就说不知道，还说自己有绝症要死在所里，让大家一起完蛋。他们所长急了，铐着杨侠去体检，结果一切正常。杨侠把大家耍了一天，强制戒毒两年的惩罚是躲不掉了。

"杨侠的哥哥当时犯罪在逃，她一个女人独自住在破房子里可怜得很，我本来想把她发展成特情，可她太不识相了！"

杨侠强制戒毒出来后，还是一副无赖样，只要是派出所去抓她，轻则大吵大闹，重则对民警又抓又挠。大家都不想和她一般见识，又怕她吸毒有传染病，不敢硬来，只能在心里对她恨得牙痒痒。听完介绍，我有点不敢相信这是真的。我认识的杨侠和别人嘴里的杨侠，简直就是两个人。

回到自己所里，我把情况说给张所，张所笑了笑："尊重是相互的，杨侠被一路铐回去，再一路铐着去体检，怎么可能对别人有好脸色。"

杨侠的社区戒毒手续是办下来了，她能不能去，我心里也没底。最后还是张所给杨侠打电话，嘱咐她按期去尿检。杨侠却在跟张所商量，能不能不回自己户口所在的派出所，而是来我们派出所做社区戒毒。

杨侠的要求肯定不合规定，但张所也没回绝她，只是在电话里说："那就别再吸了，这是为了你好。"

大贼被抓后，有天下午6点多，我从食堂吃完饭出来，看见杨侠站在公告栏前，一个一个地看着上面的民警照片。

我走过去打招呼，半开玩笑地告诉她："张所下班了。"

"你们张所多大年纪了？"杨侠头都没回地问。

"下个星期就满三十六岁了。"

杨侠说，她没事瞎溜达，也有线索要和张所说。我告诉她："有线索也可以和我说。"

"你？小孩……"杨侠扭头走了。

半个小时后，杨侠去而复返，手里多了个大袋子。她推开值班室大门，摆手示意我出来。

"给你们张所的生日礼物。"她开心地笑着说。

礼物？她是缴获了一袋子毒品，还是犯了什么我们不知道的罪行，自己准备好换洗衣服来投案？每次和杨侠打交道，我总摸不清她会搞出什么名堂。我带杨侠到隔壁接待室，把袋子打开一看，里面装满了费列罗巧克力。

"张所长对我不错，你不是说他下星期就三十六岁生日了嘛。"

我估计这一袋巧克力最少得要几百块钱，连忙问："钱从哪儿来的？"

我知道杨侠无业，买巧克力的钱肯定来路不正。上次抓通缉犯的时候，其实我们对她有疑心。我甚至怀疑杨侠可能和通缉犯是一窝贼。

杨侠低头看着巧克力，好像很怕我说不要。"我从不在本地干活，绝对不给你们找麻烦，礼物麻烦你转交给张所。"她倒是坦诚，就是说话的声音小到几乎听不见。

张所从警十多年，没收过别人一根烟，还经常倒贴饭钱、油钱、体检钱。看着巧克力，我笑话张所："年年贴钱，这次在杨侠身上回了点本。"

张所给杨侠打了个电话，那边已接通半天，他就吭哧出一句："小蒋已经交给我了，谢谢啊。"我站在旁边，都能听到电话那头传来的笑声。

张所没说什么，他自掏腰包，按市价出了巧克力的钱，加在杨侠的特情经费里。二十多分钟后，杨侠来领经费，正常经费是四百，这次她多拿到三百。

"怎么这么多？"杨侠接过钱问。

张所哄骗她："抓获特大逃犯，奖励也多。"

之后的几个月，杨侠陆续帮我们破了几个案子，她的重要性甚至取代了张所的金牌线人大贵。

但我们都能看得出来，她的皮肤越来越蜡黄，眼窝几乎全陷进去了。每次来派出所，她都化着浓妆，汗水在她化了妆的脸上画出道道，可无论如何，她都遮掩不住自己一天比一天差的状态。

可能在外人看来，张所时常在一些流程手续上迁就线人，有点太惯着他们了。不过我很清楚，张所心里有个结一直解不开。

张所曾经全力帮助过的两个人，都死了。

第一个人因常年酗酒患上精神分裂症，在我们辖区以捡垃圾为生。他经常醉倒在路边，冬天会卧在雪堆里，把环卫工人吓一大跳；夏天喝多了就去检察院或银行大厅，因为那儿有空调。有人打骂，他不还手；有人笑话，他跟着傻笑。

张所联系过一家小区物业，说服经理安排他在那儿打扫卫生、收垃圾，不用给工钱，能管饭就行。物业经理还在小区门卫室旁边搭了一间两三平方米的活动板房，给他一个栖身的地方。

后来，小区的居民有意见，不愿有流浪汉在附近晃悠，于是张所长又帮他办理政府救助手续，安排他住进精神病院。安稳日子只过了三个月，那个人就在医院里死了。

当时，精神病院院长因为经济问题被纪委调查，这笔政府救助到底有多少花在张所帮助的流浪汉身上，成了一笔糊涂账。为了搞清问题，张所没少被叫去说明情况、提交出警记录，把他搞得焦头烂额。

好心最终给自己惹了麻烦，我猜张所的心里肯定挺难受。但这事倒也没影响他继续帮助其他人。

处理完流浪汉的事，进入9月，我值班的时候还听辅警老靳嘀咕："人点儿背也总有头吧？"可没想到就在这天，张所的金牌线人大贵，被发现死在了家里。

大贵曾经是个不争气的"吸毒鬼子"，但自从他父亲去世的那天起，他就决心换个活法。他主动找张所要求当线人，也帮我们破了不少吸毒、贩毒案子。他还半开玩笑地跟张所建议："要是完不成抓捕吸毒人员的任务，就把我拉去凑人数。"

张所心疼大贵，担心他继续当线人会招来报复，更希望大贵能真正脱离吸毒、贩毒的圈子。张所帮大贵申请了低保，谈好了月工资九百块的保洁工作，还为他争取到了安置房的购买资格。但张所不知道，大贵最渴望做的事，其实是帮张所做禁毒工作。

大贵把线人的工作当成了证明自己价值的方式。张所越是让他远离危险，他就越觉得自己一无是处。后来，被张所刻意疏远的大贵自暴自弃，在还没装修好的新房里，吸毒过量猝死。

办完大贵的案子，张所和我在大排档里喝了两斤白酒。

"你当警察是为了什么？"张所用喝红的双眼看着我，十分认真地问。

我不知怎么回答，只说："混口饭吃。"

"你没说实话！"张所提高了嗓门。他一杯接着一杯灌酒，说话声音越来越大，周围的客人都往我们桌看。

"对大贵这些人，我们没少救助、没少花钱，但还是没个好下场。你说当警察是为了什么？"张所的问题我回答不上来。

"这几件事，所里没错！你没错！我他妈也没错！他们死了就是命，命里定好了谁都拦不住！"张所越来越激动，我赶紧把他的酒杯拿了过来，他不能再喝了。我那时才知道，张所的心里有多难受。

张所起身去结账，最后对我说了一句话："为了良心，能做多少是多少，能救几人是几人。"

2017年入夏之后，我们的禁毒追捕少了很多。一方面是打击越来越严厉，可用线索越来越少；另一方面是入夏以后，大家穿得少，而抓捕免不了肢体接触，执法风险也会增加。我们和杨侠的接触也减少了。

一天，社区里在开展志愿者活动，一个大姐看到一个女人晕倒在巷子里，身上都是疮，右手还握着针管，就打了张所的电话。张所确认这女人是毒品注射过量，把她摇醒后带回了所里。一小时后，杨侠一路小跑着过来了。

她瘦得可怕，跑上楼梯的样子就好像在飘。"老张呢？"杨侠直接喊张所，"快让他出来，快把你们带回来的女人放了！"杨侠急得跺脚。

我搞不清楚杨侠为什么这么激动，一时之间也没做出下一步动作。杨侠拨通张所的手机，铃声却在值班室响了起来。张所在办案区工作的时候，从来不带手机。

杨侠挂掉电话，直奔一楼办案区门禁，要强闯进去，我赶紧去拦。杨侠用力拍门禁外的铁栏杆，眼睛瞪得老大，大喊："老张赶紧出来！"

正巧邓所从门禁里走出来，杨侠又要往里闯，俩人差点撞个满怀。邓所生气地推开杨侠："小蒋，把她铐椅子上。"

辅警老靳把杨侠拉到一边，问她："怎么这么激动？是不是要给那个女人说情？"

"说个屁，那女人梅毒三期还怀着孕，前几天刚从医院抢救回来，死这儿了，我看你们怎么办！"

听到杨侠这么说，邓所长、我、老靳都愣住了。老靳和这个女人有过接触，赶紧跑去卫生间洗手。我跑进办案区，通知张所快过来。直到把女人送去医院治疗，我们才松了口气。杨侠这次大闹派出所，真的帮了大忙，要是女人在办案区真有个三长两短，说不好有多少民警要被牵连进去。

事后，杨侠知趣地离开了。张所还专门给杨侠打电话道谢，还说要请她吃个饭。张所从来都是个有一说一的人，不管你出于什么目的，在派出所里闹事的人都少不了他一顿骂。而这次，大家都调侃他："能让'老杠'张所请吃饭的人物，可不一般啊！"

后来，张所真请杨侠在一家大排档吃了碗面。他回来跟我说："杨侠是老吸毒人员，身体不好，和我们吃饭时会避嫌，她这点倒是和大贵差不多。"

这以后，张所就开始把杨侠当朋友来看待了。

有时，我们开车带杨侠到长途汽车站等毒品案件多发地执行侦查任务，让她帮忙"认脸"。杨侠总闲不住嘴，一路过小吃摊、水果店，就突然喊"停车"。我们竖着耳朵准备听她讲线索，她却突然冒出一句"我想喝可乐了"，或者"我想吃苹果了"。

这时，张所就会让司机把车停稳，自己下车去买。他担心杨侠下去后会被人发现，暴露线人身份，导致行动或者整条线索崩盘。这时候，司机就会生气地说："吃！吃一顿少一顿！你这么吸，说不定哪天直接就死了！"

杨侠却丝毫不介意，她开心地吃，笑得心满意足。但司机确实说出了我们心里的顾虑，杨侠的身体越来越差，沾上毒品的人，只要不戒毒，结局大多是横死街头。

因为杨侠，我们所里的禁毒任务完成了。毒品案子少了，张所也被调去了扫黑队工作，和杨侠的接触也渐渐少了很多。直到2018年的初冬，要照顾杨侠的比熊犬，我才知道了她的情况。

那天凌晨3点，果然有人来按派出所的门铃。两个穿着便衣的年轻刑警站在大门口冻得直哆嗦，一个人手上牵着条白色比熊犬，另一个人拎着狗窝和狗粮。

我把狗拴在院子里的树下，用手机拍了张照片。这狗还挺时尚，雪白的脑袋圆咕隆咚的，耳朵的毛被染成了粉色，身上还穿了一件小衣服。我有点怕狗，完成张所交代的任务转身就要离开。刚走出两步，狗突然叫了起来。我觉得它可能是怕冷，又把它牵到器材室，在里面找了张垫子，还倒了水和狗粮。

两位刑警说，杨侠去年在附近几个县和市区的美食街频繁作案，这次她在烧烤摊前扒窃时，被当场擒获。杨侠不配合调查，还闹着要带民警抓人来立功赎罪，如果不答应，就一句话也不说。

重案队领导批示：爱说不说，零口供办案。根据监控还有销赃的下游，杨侠被刑拘是铁板钉钉的事。杨侠一计不成，又闹着身体不适，一会儿说怀孕，一会儿说肚子疼。但重案组有驻守医生，杨侠彻底没脾气了，坐在椅子上一直哭。

"她脸上搽的全是粉，哭得一条条道道，怪吓人的。"两位老兄向我描述当时的情况。杨侠没有狡辩，她提了个要求，让民警把家里的比熊犬交给张所照顾，再帮忙把家里的水电闸关闭，门锁好。

我带了两位同事去杨侠家断电、锁门，一眼就认出大红铁门上的凹痕。那还是我们和杨侠第一次见面时，张所一脚踹在上面留下来的。

走进杨侠家，我发现屋里已经重新装修了，有了点正常生活的痕迹。掉漆的破旧木沙发换成粉红色的布艺沙发，玻璃茶几上放着苹果和糖。原本空荡的墙面上挂了液晶电视，房顶粉刷后挂上了彩色吊灯，角落里还立着新电冰箱，塑料膜还没撕。

杨侠的卧室布置得更华丽，墙面都涂成了粉红色。新床、新被褥、新梳妆台，粉底、口红等化妆品一应俱全。梳妆台和墙上还摆着杨侠的写真照片。另一间当初把我吓得够呛的阴暗卧室里添置了衣帽柜，原本被放在地上的杨侠父母的遗像，终于被摆在了供桌上。

我替杨侠的生活发生了变化而高兴，却也知道，她装修房子的钱肯定源于盗窃。钱已经挥霍干净了，她又没偿还能力，估计要被重判。

2018年的冬天，我短暂地帮杨侠照看了比熊犬几个钟头，等张所来上班后便把情况反映给他。张所感叹："这还真是她最好的归宿，进去比死了强。"

张所牵着比熊犬找到一家宠物店，老板问是不是要寄养，他却在店里愣住了。杨侠因为盗窃起码得判三年以上，狗要寄养多久，张所也不知道。

杨侠被刑拘的两天后，办案单位给张所打来电话，说杨侠要求我们给她送点黄瓜和西红柿，还要换洗的衣服和被子。我跟张所买了几斤瓜果，又去杨侠家拿了东西送过去。

杨侠被判四年有期徒刑。这一次，张所没法给她特事特办了。下监区的前两周，杨侠说有个重大涉毒线索，要张所过来才肯说。

张所肯定地说："杨侠肯定有事，但绝对不是案子。"

当天下午，我跟着张所去提审杨侠。她穿着写着"市一看"的蓝马甲，黑眼圈消失不见了，人也胖了一大圈，头发变得乌黑浓密。杨侠要站起来迎接我们，可她被铐在提审室椅子上，刚起身，就被管教喝止住了。

"好久不见，我就要去服刑了，有些事情放不下，我也没个家人，只能找你了。"杨侠先提供了一个毒贩的线索，说得很细。

笔录谈完，杨侠问起比熊犬。张所说，当时他都不知道该把它寄养多久，还是宠物店的老板出的主意：狗由店里养着做配种，生出小狗卖掉，用来付寄养费。

"张警官办事就是信得过。"杨侠很放心地说。

杨侠要来笔和纸，十分认真地写起来，写完后递给张所。那是一张申请，内容大致是把房子托付给张所代出租，租金按月打入监狱银行卡上，租金多少由张所决定。

"杨侠，认识这么久，我们也算朋友。你好好改造，出来的时候，我开车来接你。"张所长认真地说。

"我肯定改。这世界上除了你，没人对我这么好过。"杨侠不再嘻嘻哈哈的，十分严肃地答应张所。

提审结束，杨侠被带进铁栅栏，她不顾管教批评，冲我们大喊："我会经常给你写信的！"

回去的路上，张所说起杨侠的往事。

"很多时候杨侠是主动被抓获的，与其说我们在物色合适的线人，倒不如说她是在物色合适的警察。"

杨侠是1968年生人，老家在豫皖交界的小村庄，十六岁那年和哥哥杨力外出打工。后来除了给父母办丧事回过老家外，就再没回去过。她说过，对家一点印象都没有。

十八岁时，杨侠嫁给一个淮南本地人，两口子在精神病大院门前卖水果，男人蹬三轮拉水果，杨侠看摊，日子其实还能凑合。可结婚几年后杨侠一直没生孩子，家庭矛盾由此爆发，杨侠的丈夫年纪不大却经常酗酒，杨侠经常被家暴，她鼻青脸肿地摆水果摊，丈夫则在家酩酊大醉。

有人把杨侠的事告诉了她哥哥。杨力当时是黑社会混子，他看见妹妹被打得鼻青脸肿了还干着活，当即提着一把刀去找妹夫算账。有人说杨侠的丈夫被杨力砍成重伤，杨力的大哥出面摆平了这事。也有人说杨侠的丈夫被杨力吊着打，杨力威胁他，如果他不离开杨侠，就一刀砍死他。

2000年前后，兄妹俩搬来了这个旧小区。杨侠又交往了一个男人，外号"老虎"。杨侠天真地以为，老虎对自己很好，是值得托付的人，但结婚后才知道他吸毒，结婚礼金被老虎挥霍一空，还把杨侠带上道了。

两人犯瘾时鬼哭狼嚎，邻居不敢报警，又通知了杨力。杨力混得相当不错，包了工程，还开上了车，他再次用江湖手段赶走了老虎。"杨侠非常感谢她哥，她说要不是有她哥在，第一次会被打死，第二次迟早吸毒吸死。"张所说。

杨侠搬回老房子，却发现自己怀孕了，一年之后女儿出生。2010年，杨力经营不善，欠下一屁股债务，成了老赖。跑路之前，他把房子过户给杨侠，之后就不知所终，连法院都找不到他。

杨力出走之后，杨侠靠小偷小摸，或用身体换取毒品，混一天算一天，行尸走肉般地活着，每天都有不同的男人在她家出没。那套房子从此变成吸毒人员的窝点。

办案系统里，杨侠的前科多达数十条，几乎每年她都要被处理几次，如果有中断，一定是在强制戒毒。一般来说，吸毒人员会想尽一切办法避免被强戒两年，卖队友是家常便饭。可像杨侠这种被不同单位处理多次，还几乎没有从轻的，非常罕见。

张所告诉我，杨侠其实是在故意接近警察，为了寻亲。

第一次被张所抓获时，我们找来女民警帮杨侠检查穿衣；她提供线索时，我们主动考虑对她的影响。她看出来张所的善良和实在，才选择相信这个瘦高、不善言辞的警官。

2017年春夏之际，也是杨侠与我们认识四个月后，她单独来见张所。张所回忆，那天杨侠支支吾吾的，也不说什么事，只是寒暄，说所里都是好人，但还是张所对她最好。

张所是老民警了，马上察觉到杨侠是有私事找他帮忙，

身边的陌生人

搞不好是借钱或者打听毒友的案情。杨侠沉默半天，最后捂着脸说："我想求您帮忙，找找我失散了十几年的女儿。"

杨侠的女儿十六岁时就去外地打工，那时她还在戒毒所。等她回了家，女儿早就无迹可寻，再没回来过。"一个女孩子，没上过学，又在这种环境下长大，除了那些场子还能去哪儿？"杨侠担心女儿走她的老路。

"我帮你查，但毕竟十几年了，不保证能找到。"张所答应下来，但没把话说满。

杨侠提供了女儿的名字"杨静"和出生日期，在浩如烟海的人口库里，叫"杨静"的年轻人有成千上万。张所在电脑面前一页一页地看，终于，一个女孩的照片出现在屏幕上，微微凹陷的眼窝和短小的脸与杨侠有六成相似，几乎可以断定，这就是她的女儿。

资料显示，女孩是北京户口，和丈夫经营一家公司，这和杨侠提供的信息不太一样。张所还是拨通了女孩的电话。

"我没有妈，我过得很好，你们别来找我了！"电话那头，女孩只说了一句就挂了。再拨过去，就是空号了。

张所没忍心告诉杨侠，只说："没查到你女儿的下落。"

2019年年初，杨侠的信寄到我们派出所，是我帮张所取的信，让他赶紧看看写的啥。张所好像有点不好意思，非让我拆信，看完了再给他讲讲里面写了什么。

信封里装了两页信纸，杨侠用黑色圆珠笔写："张警官您

082

好！祝您心想事成，吉祥如意！牙齿每天晒太阳！哈哈……"

杨侠说，监狱里并没有她想象中那么可怕，每天的伙食不错，有水果吃还不用付钱。只要自己工作上心，每月有一百多元的工资，还可以买零食吃。"比在家整天担惊受怕地吸毒的日子强多了。"她现在虽然一无所有，但心里还有女儿，当然，还有外面张所帮忙照看的房子。

杨侠在信里告诉张所，可千万别忘了当初的承诺，自己刑满释放那天，一定要来给她接风洗尘。"对了，收到信后，帮我寄一副老花镜（200度）。"

我知道张所是在避嫌，所以没有亲自看信。但他肯定很关心杨侠的情况，所以我一字一句地把信上的内容读给张所听。

杨侠是个苦命女人。她半辈子没人尊重、没人爱，唯一的哥哥也下落不明。张所的出现，可能给了她消失已久的尊严：无论是杨侠做线人时，张所想尽办法避免她暴露身份，还是面对她提出各种莫名其妙的要求时，张所每次都耐心地满足她。

在我们所里，每隔不久就会有人提起杨侠。倒不是大家有多想念这个人，而是因为她每过几个月就会给张所写一封信。这种时候，就特别适合起哄，张所也不好骂大家，只能听着一帮小伙子说："自从1954年建所以来，头一回有副所长能和吸毒女成为朋友。"

2019年8月，还是我帮张所看的信。

杨侠在信里说："等出来之后，我要打扮一下自己，不多说了，我写信时很高兴，也很激动，好像就要和你们见面似的。"

老辅警的执念

2016年秋天，我从刑警队调到派出所任职，坐着所长开的普桑搬家。车刚停在派出所门口，我正把大包小包的行李往下搬，一个身材魁梧的"两道拐"走出值班室，弯腰就过来帮忙。手里拎着行李，他直起腰冲我笑："真是老了，九零后民警都上班了。"

　　仅仅打了一个照面，我立刻记住了这个中年男人的脸。一道像蜈蚣般的刀疤蜿蜒地栖息在他的脸上。从左颧骨一直延伸到右颧骨，即使经过鼻子也没有断开。这张脸似乎被分隔成上下两部分，如今被粗糙地拼凑到一起，非常恐怖。他是怎么过政审的？我心里十分诧异。

　　他叫老靳，是一名辅警，头发斑白，国字脸，肤色偏白，一对小眼睛。如果忽略那道刀疤，他腮帮子上那两坨肉看起来倒是很有福相。来到派出所的第一天，我就和他成了搭档。

　　那天我刚把行李收拾整齐，警情就来了。老靳联系距离我们最近的驻点的巡逻车过来接我出警，只用了三四分钟，就开到老城区已经倒闭的钢厂旧家属楼附近。

刚下车，七八个人争相朝我大吐苦水，现场吵得一片大乱，这个说被打了要住院，那个说要砸了别人的家。我好不容易才把事情搞清楚：一对五十多岁的老夫妻，因为丈夫常年烧菜太咸而引发矛盾，互相大打出手，却误伤了劝架的邻居。

我以前在刑警队只会办刑事案件，和各种奸猾似鬼的嫌疑人打交道，却应付不了这种民间纠纷。被一群人围在中间，我满头大汗，舌头打结，什么也说不出，只能先把人都带回所里调查。

在所里，仍然有十几个人不肯善罢甘休。循着争吵声，围观的人越来越多，当事人看见有"观众"来了，更加肆无忌惮地表演。我根本应付不过来。老靳听到动静，从隔壁值班室过来，冲我说了一句："没事，这都老钢厂食堂的。"

他指着打架的丈夫说："你小子做的饭我吃过，盐都是论袋放的，钢厂的个个吃出高血压！"周围的人哄堂大笑。

老靳让夫妻俩给邻居道歉，邻居刚想说话，他把人拉到一边小声说："你一大男人掺和人家夫妻打架，老婆知道了还不挠你？"

"打这么凶，这就完了？"有不肯罢休的人在嘀咕。

"你挺厉害呗，你来解决？"老靳涨红了脸，刀疤变得更吓人了。嘀咕的人不说话了，两家亲戚借机打圆场，剑拔弩张的气氛瞬间烟消云散。

"没什么好看的，都散了！"老靳驱散了门口看热闹的街坊邻居，事情就算了结了。

我忍不住夸老靳厉害。他呵呵一笑，端起茶杯，鼓胀的刀疤渐渐复原。他说自己在老街坊面前，说话还管点用。

老城区里有钢厂和陶瓷厂两个万人大厂，存在了三十多年。辉煌的时候，差不多一半以上的城区居民都端着里面的铁饭碗。老靳1996年参加工作，进了钢厂保卫科，维持上万人的治安。但他没赶上好时候，两年后厂子就破产了。

那些年，大家都下岗了，都在找出路。被逼急了，小偷小摸根本不算什么。有阵子，命案的发案率保持着每月一起的高态势。仅靠不到十个人的小派出所难以应对越来越严重的治安问题，1998年底，群防群治单位"治安联防中队"成立，原厂保卫科的职工可以通过考试进入。老靳考进了派出所联防中队，当辅警。身份换了，但管的还是厂里的那些人，只是要处理的问题比以前更复杂了。

老靳在所里干了近二十年辅警，和大家混久了，也是有面子的人物。今天的纠纷，对老靳来说只是"小场面"，十几年前，就连房产开发引起的群体性事件，他都能以一己之力化解。

这个片区曾经是市里最热闹的地方，如今城区衰败了，下岗职工也都老了。大家普遍文化程度不高，遇到事总和民警啰唆一堆歪理。我们这些小民警都很头痛。早上，巡逻车要停在菜市场门口，震慑扒窃的，下午则去医院门口巡逻，预防医闹，维护秩序。

老靳告诉我辖区有四个著名的无赖，喜欢找碴，动不动就把民警的大腿一抱，赖在地上，出他们的警一定要谨慎。他还带我熟悉片区，教会我很多调解纠纷的方法。我一直记得老靳嘱咐的：不能把矛盾转嫁到派出所身上，要不然你会很难办。

老靳1972年出生，已经四十多岁了，如今他多数时间都守在值班室。冬天他爱穿一件酒红色大衣，夏天则爱穿黄色，明晃晃，像年轻人一样。见到我们他就说："有警情我通知你们。"

我一直好奇他脸上那道疤的来历，有次没忍住问了他。当时我来所里没多久，那一天我去戒毒所送嫌疑人，回来时是深夜了，我和司机都没吃饭。老靳正披着衣服在值班室玩手机，说锅里留了夜宵。我扒了两口发现，这饭是老靳自己从附近的饭店买的，不是食堂的剩饭。

老靳说："以后你别忘了请我吃饭啊。"

我问起老靳脸上的疤怎么留下的。他很忌讳，摆摆手说："这是以后给儿子铺路用的。"

日子久了，我发现所里有四大"杠精"——副所长、教导员、驾驶员和老靳。他们都在自己坚持的事情上，毫不变通，甚至会为了一件小事和同事吵到红脸。说老靳抬杠都是轻的，他那简直就是"抬死杠"。

社区民警的工作其实比刑警队轻松不了多少。每天除了值班、出警、办案，还要走访有特殊情况的家庭，管理流动人口。每周一，老靳都按时维护人口系统，把空缺项、走访项、维护项在工作微信群里分发给每个同事。大家天天忙得要死，老靳还在群里发这个该维护、那个该走访的消息。所长要是知道有这么多没干完的工作又要骂人了。年轻民警觉得老靳瞎操心，都不大领情。有些暴脾气的免不了要说点风凉话，让老靳看好值班室就行了，别搞得自己没面子。老靳却纳闷，难道提醒还错了？这种时候，老靳会发牢骚说："行了行了，我只是辅警，你说了算。"这下轮到小民警们不好意思了。派出所里男人们的情绪，总是来得快走得更快。老靳依然我行我素，在群里发"工作尾巴"，搞得大家生气又无奈。

其实，看值班室是最轻松的活儿。老靳只需要传达邮件和通知出警就行了，但他却把其他工作都学了。他会身份证人像采集，帮户籍窗口干活；琢磨明白了电脑办案系统，一旦通报卷宗有问题，他还真能说出个道道；还能督促忙得焦头烂额的民警，及时处理执法异常，免得被上网通报。

值班室在院子里，来办事的群众经常能围观到老靳为了鸡毛蒜皮的小事和民警们抬杠。我刚到派出所那段时间里，觉得奇怪，这人天天跟民警吵架，怎么还不给他调岗。后来我发现，所里人都不和老靳计较，偶尔牢骚一两句，也不当面说。我猜，这与老靳脸上的疤有关。

我曾看到一个民警刚从所长办公室出来，就嘀咕："老靳这个疤瘌脸真多事！"他见我听到了，马上叮嘱我：

"千万别当老靳的面提'疤瘌脸'这个词。"这道疤好像是全所的禁忌。

老靳爱喝酒，喝完酒脸色发白，那个疤却特别红，让人害怕。我心里挺在意，后来和刑警队长吃饭时才了解到，老靳脸上的疤是工伤。

2010年末，辖区还没有健全的天网摄像头，派出所的条件也没有现在这么好，经常需要民警和辅警夜间巡逻。一个深夜，老靳巡逻结束正准备打道回府时，新来的小民警发现，矿山半山腰上，荒废了三四十年的老炸药库，居然亮起了灯。老靳一行人爬上山腰，只见炸药库的门开着，两个男人正在炒制炸药。现场所有人都惊呆了，当时是冬天，冷汗瞬间就下来了。

"你是没见过那场景，"老靳跟我说，"炸药库里都是炒制好的成品，保守估计几十吨。这要是出事了，整个山都能掀飞。"

炒炸药的人明显喝过酒，面对民警毫不配合，还骂骂咧咧："王景的人你也敢动！"

这矿山属于王景，他原来在钢厂门口开饭店。1998年下岗潮前后，他抓住机会做采石生意，一跃变成全市首富。后来王景的家产达到十多亿，日常代步开奥迪RS6。他明里暗里都吃得开，远到2000年以后的几起恶性街头砍人案件，近到现如今扫黑、反行业垄断的很多嫌疑人都是他曾经的小弟。

老靳有顾虑，悄悄建议新来的民警，得"冷处理"。民警没听，当时就汇报案情并对两人进行审查。王景不知道从哪儿得来的消息，连夜跑到国外。最后只给炒制炸药的人以及矿场爆破作业的负责人判了刑。炸药库被查，产生了"蝴蝶效应"——石料厂被关停，又产生了一批下岗工人。

2012年春天，一天晚上9点多，老靳值班。小民警在楼上办公室看书，几个联防队员在值班室看电视，老靳蹲在门口抽烟，和街坊聊天。一辆红色摩托车疾驰而过，在派出所门口一个甩尾停了下来。车上的中年男人浑身酒气。"我要报案！"他冲着老靳就是一嗓子。老靳认识这人，他是区里著名的无赖，叫大壮。

两人离得很近，对视几秒钟，大壮从摩托车座下面抽出一把砍刀，对着毫无防备的老靳就是一道横劈。这一刀要是横在脖子上，老靳脑袋就掉了。是幸运也是不幸，刀劈在了老靳脸上。老靳倒地，又马上爬起来，捂着脸边往所里跑边朝楼上喊："大壮来闹事，我被他砍了！"

老靳被砍成了重伤，一张脸劈成上下两半，留下一道横贯面部的伤疤。从此，他变成了一个谁看了都会吓一跳的中年男人。

刑警队接手了案子，查出大壮丢了工作后，一直过着酗酒讹钱的无赖生活。他和以前的同事在大排档喝酒，说起了石料厂被查的事。大壮才知道，原来是当年派出所新来的民警把王景的炸药库查了，导致自己下岗。他打算找派出所算账。砍人那天，他白天来过所里，看到值班公示牌上，写着那位民警的名字。等到晚上，他借酒壮胆，拿起砍刀去派出所，在门口遇到了老靳。也有传言，大壮砍人不是偶然事件，而是受王景雇用，要干掉小民警。市局对这起案件定了性：故意杀人，严惩不贷。

老靳成了英雄。局里包了医药费，一次性给了两万元慰问金。从市里到区政府，一拨又一拨的人来医院看望。往后每年，市里领导都会来所里慰问老靳。有个联防队员说："这下好了，老靳算是因祸得福，搞不好能转正。"

老靳知道，这都是兄弟们的客套话，联防队员的学历普遍都是初高中，转正的机会很小。但他心里还抱有希望："我不是工厂保卫科转来公安局的吗？"

老靳办事牢靠，尤其善于调解纠纷，有时老街坊求老靳帮忙调解或办其他事，总是客气地叫一声"所长""警官"，这让他非常受用。

十年前，采石场日夜不停地开山，招致众多居民的不满。经常是他们中午吃饭吃得好好的，突然房子一阵抖动，老民居甚至能抖下不少灰尘，紧接着就是一声巨大的炮声。特别是到了夏天，这尤其让人烦躁。

为了这事，不少心脏不好的老年人开始堵路，老头、老太太搬着小凳子，坐在运输线的路口，声称什么时候不采石了什么时候走，甚至还打出了"保卫家园"的横幅。大热的天，群体性警情，警车来了不少，局长用大喇叭劝了半天，可是哪里管用？反而招致一片冷嘲热讽："你解决不了还来干啥?！"

烈日炎炎下，气氛越来越紧张，看热闹的也越来越多。这种警情的处理确实很让人头疼，说到底这是就业和环保之间暂时无法调和的问题。用现在的眼光来看，落后产能自然要淘汰，环保和国土部门，随便哪个部门一查，任他什么老板也要吃不了兜着走。可是那时候是零几年，有历史的局限性，问题的解决还是要靠各方面不断地平衡。

此时老靳登场了。他搬起一个小凳子就和老头、老太太聊起了家常，老人们尚分不清联防队和警察的区别，看到有个小伙子肯和他们聊，自然就把这些年的苦水冲着老靳倒了起来。

老靳一说自己是老钢厂大院的，不少老人恍然大悟，"难怪这么眼熟"，在一片看起来非常和谐的气氛中，老靳逐渐搞清楚了带头的老头、老太太的身份，很多人确实都是老工人。这时候的老靳便发挥了他超常的语言本事："不容易，真不容易，现在这个社会，挣钱不容易，生活更不容易！您家大孙子和我是老同事，现在给王景跑运输，我刚刚从矿山上过来，这路堵着，他们一车一车的石头拉不出去，这大热的天，受罪啊！"带头的老头马上不说话了，他忘了自己孙子也在王景手下开车拉货。

老靳话锋一转："妈的，我回头和王景说，以后给这个路口砌一个限高杆子，保证不超载，咱拉货的弟兄们也能少辛苦一点，当然，钱不少。"

老头、老太太们纷纷心动，小靳还有这本事？那可真是拜托了。

"还不止，王景最近也买了批消音设备，尽量减少噪声。"老靳接着说，"这个社会，挣钱难啊，我这些老弟兄风里来雨里去，就跑那点辛苦钱，虽然放炮炸山吵了点，但这也是没办法的事情，大家总要吃饭吧，都是当父母、当长辈的人，谁不是为了下一代好。"

说着老靳冲警车摆了摆手，几辆桑塔纳开走了，老头们对老靳的话又信了几分，现场紧张的气氛缓和多了。眼看到了中午饭点，老靳也热得满头大汗，老人们有些不忍，他们看着老靳这身湿透的警服，想想坐在驾驶室等拉货的儿子、孙子，便搬起小凳子回家做饭了。

王景也是个懂事的人，当天就开始砌限高，设备也逐渐到位。老靳里里外外挣足了面子。持续好几天的堵路事件就这样解决了。

所里上上下下都特别佩服老靳，当然也包括刚刚听完这段往事的我。

虽然他学历不高，而且说起法律来也不是那么一套一套的，但是他面对的对象又有多少懂法的呢？老联防队员在辖区人民中用威信就能恰到好处地化解这些纠纷，他们几句看似平平无奇的话还真带有神奇的魔力。

老靳在派出所这个大家庭找到了归属感，凭着对辖区和低头不见抬头见的各色人等的熟悉，他的工作干得有声有色。

　　然而，老靳的脸被砍后，所里考虑到这张脸每天出警让人看到不好，而且办案需要熟悉无纸化系统——网上审批、网上阅卷，还要熟背各种法条，那时的老靳又不会，于是被安排到了值班室。

　　一般工伤，短则几个月，多则半年就能回来上班了。老靳多少有些接受不了自己毁容的样子，不想出门上班，在家休养了快一年。他特在意毁容这事，说要不是出了这事，自己也不会天天守在值班室接电话。

　　2012年，辅警的工资刚到一千元。老靳的儿子还在上学，正是花钱的时候，老靳天天躲在家，老婆总抱怨。第二年老靳离婚了。这事也是老靳的禁忌，谁也不敢多问，所里人也是很久之后才知道的。

　　老靳看值班室，有半年时间得睡在长条沙发上，半夜要看着警铃和监控，对讲机时不时有人喊，睡觉都不踏实，而且来来往往的办事群众都对他敬而远之。也就在那几年，原本就好酒的老靳变成了酗酒。派出所一天休一天，老靳总在第二天交班后喝酒，早饭就一笼包子，他愣是能喝掉一瓶劲酒，喝完回家睡觉，中午起床后接着自斟自饮。老靳多了个外号，一些老辅警对他的称呼从"老靳"变成了"老酒精"。大家也都理解他的不容易，所以平时会尽量让着他。

　　2013年，全市的联防中队通过考试统一纳入辅警编制。辅警的工资也刚涨到两千元，那点工资实在是难以留住人。所长严禁民警在辅警面前聊收入，怕牢骚话影响团结。

　　老靳的儿子渐渐长大，老靳几乎没有攒下钱，市区的房子早过万了，难以支撑儿子成家立业。

2016年底，所里聚餐，大家都喝大了，醉得东倒西歪。所长拉着老靳说："我知道你委屈，从根本上说，这是政策问题，不是我们短时间能改变的。"老靳没说话，端起酒杯和所长干了。所长有些为老靳不平："如果我们警察因公牺牲，子女都能免试当警察。那辅警弟兄们呢？我觉得，不管是立功还是招考，倾斜辅警的政策这两年迟早要制定实施！要不然太寒心了！"已经大醉的老靳牢牢记住了所长的话。

那次聚餐后不久，我和老靳在值班室扯闲篇。老靳冷不丁地问："有个地方推出了辅警转正政策，说是立了大功或者工龄到了年限，通过考试就行，你怎么看？"

这种小道消息隔几年就会冒出来，明显不靠谱。我不好意思直说，就敷衍说这样的好事应该推广。

"就算政策下不来，我儿子总能接班吧？"

老靳的问题，没人能给出肯定的答复。

后来我发现，老靳开始对破案产生了兴趣。有一次我值班，晚上没警情，我打开在逃人员库看有没有新增的逃犯。越往后翻案件越古老，最后几页，是些模糊不清的黑白照片。老靳看我在琢磨逃犯，突然冒出来一句："你知道王立秋吗？"

这人我小时候就听过，2008年的一起持枪杀人大案的主犯就是王立秋，至今在逃。我们分局局长快六十岁了，每年都会提这个案子："我干了这么多年刑侦，就这一起案子破不掉，你们也争点气！"

我不知道这案子的细节，老靳似乎有些得意："这事，咱所里也就我最清楚。"老靳给我讲起了当年那起案件。

2008年1月，南方遭遇了雪灾，而老靳的老邻居家的王立秋在这个滴水成冰的季节干了件大案。

老靳当时正在值班室生蜂窝煤炉子烤火。一个中年男人冲进来，大喊大叫："死人了！脑子都出来了！"老靳还以为这人是精神病。这时110电话响了："帝豪浴池，有人被枪杀。"他赶紧上楼喊人出警。

120很快赶到现场。一名小伙子躺在地上，早没了生命体征，脑袋上开了大洞，脑浆飞到一米开外。打死人的土枪就丢在现场。人是王立秋杀的。

运输公司老板和矿山老板王景联合，打算把矿石的开采、运输、销售整合成一条龙商业模式。运输大队原来也是国有企业，自打1999年因经营不善而倒闭之后，被私人收购，变成了民企。2008年，我们那儿的房价刚开始上涨，到处是大拆大建，本地的采石生意迎来了又一个高峰。

但是在垄断整条运输线路时，有人拒绝了收购。一个习惯用江湖手段解决问题的运输队队长观察到，那几个不配合的司机下班后会去帝豪浴池洗澡。他给王立秋打电话，说自己和别人打架了，让他快来帮忙。放下电话，运输队长觉得还不保险，又打了过去，让他带上枪。

王立秋是江苏人，洪泽湖那边的渔民，随老爹逃荒过来。他没有工作，和哥哥、父母住在一起。他长着一张长条脸，看着不像个好人，有时盲目讲义气。朋友找他帮忙时，王立秋正在打牌，想都没想就去了。

浴池门口有一个灯箱，印着沙滩和美女的图案。一个绿色的牌子上写着"帝豪浴池"四个黑体大字。运输队长正蹲在吧台边抽闷烟，王立秋手里拎着一个蛇皮袋来了，里面是自制的土枪。运输队长胆气顿生，他吩咐王立秋在门口等着，自己走进浴池。一阵争吵之后，几个人推推搡搡地把运输队长轰了出来，大雪天里各种方言的叫骂在回荡。

王立秋跑了过去。那几个人手里拿着铁棍，看着这个长发遮眼的高个子男人，模样特别阴险。两帮人推推搡搡，一个小伙子举起铁棍，王立秋掏出土枪，顶着小伙子脑门。

小伙子不敢吱声了，他虽然喝多了，但也知道不能和枪作对。王立秋见出枪马上"见效"，得意地顺势就用枪砸了小伙子脑袋一下。

"嘭"的一声，枪炸了。小伙子仰头倒下。

看着地上的枪，雪白的大地，红的血，白的脑浆，王立秋夺路而逃。在大雪中，王立秋沿路狂奔，逐渐变成了一个黑点。

往后十年里，王立秋不知所终。帝豪浴池因为死人的事，倒闭了。现在那里成了教堂，周末常常传出唱诗的声音。

这些细节我第一次听说，没想到老靳了解得还真清楚。

"我和王立秋的大哥和父母是老邻居。"倚在值班室沙发上的老靳说。

王立秋出事之后，他老婆一开始还配合警方问话。然而婚姻名存实亡，一个女人，还成了单亲妈妈，她受不了周围的闲言闲语，便断了所有联系，带孩子走了。没人知道她去了哪儿。王立秋的大哥带着父母搬了家，恰好老靳也搬去了同一栋楼。起初老靳觉得有些尴尬。他的红色电瓶车就停在楼下小院，每天取车上班，都能看见王家人。王立秋家也同样尴尬，虽然老靳只是联防队员，但也是公安局的人。

虽然尴尬，但老靳和王大哥都喜欢喝酒，只要是手里拎着酒菜遇上了，就会邀请对方来家喝几杯。两人时常一起喝得大醉。老靳在所里杠，在外面说话却让人舒服："他跑由他跑，别因为这影响两家人的感情。再说，派出所又不办命案。"不过老靳也和王家大哥说过，最好劝弟弟王立秋回来自首。

老靳给我讲述这段旧事的时候，越说越兴奋："你说要是把王立秋逮住了，起码你们民警三等功是没跑了吧！"

他是真想逮住王立秋。他觉得，这要是成了，且不说转正的事，最起码能给儿子铺路，让他接自己的班，兴许和儿子的关系都能缓和。

自从萌生了抓王立秋的想法，老靳和王大哥喝酒明显带了目的性。老靳是"酒醉心里明"，觉得自己总能套出点什么来。酒话往往不那么引人注意，第二天就忘得差不多。老靳和王大哥的酒，断断续续喝了一年。王大哥不知道，自己

身边的陌生人

被老靳给"套路"了。

派出所的辖区不大，饭店也就那么几家。所长知道最近老靳总是和王大哥喝酒，半开玩笑地说："老靳喝酒也不忘工作，能把王立秋的下落套出来也好啊！"老靳哈哈一笑，说："哪有这么容易，那家人口风紧。我一提当年的破事，他们能摔杯子走！"

我曾问过刑警队长，他说只要嫌疑人和这个世界产生联系，被警察抓到就是早晚的事。

"那他要跑进深山老林呢？"

"你要抬杠就没办法了。"队长说，"王立秋要么是在哪儿藏着，要么就是'漂白'了。"

2018年3月4日，那天是所长值班。晚上8点多，老靳打电话给所长请假，说是有个饭局，还说"王立秋的事情有些门道了"。

他和王大哥喝了三斤多白酒，终于听到实话了。王大哥觉得老靳这人不错，在一起从来没提过王立秋的事情，也不像其他邻居，嫌弃他家出了杀人犯，平时还老帮忙。"你想找王立秋，就去那儿！"在这个不大的小屋里，喝大了的王家大哥往北边指了一下，老靳登时就明白了。

老靳说："王立秋是江苏人，他肯定回老家洪泽湖那边了！"

隔着电话，所长都能感觉到老靳浓浓的酒气。挂了电话，没把老靳说的当回事。

第二天，老靳休息。

第三天，一直很准时的老靳没来上班。打电话也没人接。早上10点多，所长觉得有些奇怪，让我去老靳家看看。

老靳家在一个非常老的小区，离派出所只有一千米远。密密麻麻的红砖楼构成这里的全部，楼道常年漆黑，白天也这样。他住七楼，我和同事敲了半天防盗门，没人开。我拨了老靳的电话，耳朵贴着门听，屋里没有电话响。

所长想起老靳那个奇怪的电话："他不会是去逮王立秋了吧？"大家纷纷表示太扯。

那天，我一口气出了七八个警，累得都快站不起来了。下午6点，我在值班室一边回复警情，一边扒拉着饭。所长一脸凝重地走进来说，老靳出事了。他大哥翻到一把备用钥匙，打开门发现，人就躺在卧室床上，死了。

我赶到老靳家时，楼下站满了分局的同事，大家知道他去世的消息，都来了。人群给我们所里的人让道，让我们先上楼。

这是我第一次走进老靳家，一个四十多平方米的旧房子，客厅不过四五平方米，饭桌占了一大半，上面有没吃完的卤菜和剩菜，地下全是白酒瓶子。老靳离婚多年，一间卧室已经成了杂物间。

他端端正正地躺在床上，好像睡着了一样，床头的电视还在播放，手机静音，摆在电视上充电。法医判断，死因是突发疾病。赶来的120急救医生说，老靳应该是昨天就走了。谁也说不好，老靳出事与喝酒有多大关系。

大家都说不出话，楼道里只有老靳的儿子和老靳的大哥大姐的抽泣声。

老靳父子俩的关系一般。离婚后，儿子几乎不回家，两人上次见面还是去年中秋节。我曾劝老靳再找一个老伴儿，老靳说，儿子已经不回家了，自己不能再做得不好。

老靳去世时，穿着一件黑色警用羊毛衫，左胸有银白色的"POLICE"刺绣，在灯光下特别耀眼。

一楼的王家大门紧锁，也许是为了避嫌，一家人都不在。

我和所长都知道老靳的遗愿，就把王立秋的消息推送给了情报部门。追查小组得知王立秋可能躲藏在洪泽湖老家，立即改变了思路。王立秋的前妻进入了警方视野。

所有人都以为，这对夫妻"大难临头各自飞"，警方也放弃了这条线索。万万没料到，这女人骗过了所有人。她每年都会去江苏徐州见王立秋。徐州离洪泽湖不到二百千米，这和老靳生前拿到的情报一致。

2018年9月10日，徐州某工地，中午的天气燥热异常，秋老虎袭击着每个人。在钢筋和水泥混杂的地方，一个穿着迷彩服、戴草帽的工人正靠在水泥桩子上休息。工地负责人是个大胖子，他指着这个平平无奇的工人说："他叫王志学，在这儿干了好几个月了，就是你们照片上的人。"

侦查员悄悄靠近，包围住"王志学"，那人感觉到了异样，刚想取下草帽抬头看。侦查员暴喝一声："王立秋！"接着用手铐铐住了他的手腕。王立秋变得又黑又瘦，和他往日的照片大为不同，除了五官，还真看不太出来。

十年前，王立秋先跑去了山东，当年的下车地点他自己都记不清了。这些年来，他一直在打零工，被雇主欺负也不敢反抗。他一路乞讨着回了老家，当渔民，只敢在船上住。休渔期没活儿干，他就去徐州的工地上当水泥工。

王立秋穿着黄马甲，指认完当年的现场，情绪有些不稳定。我问他怎么了，王立秋说："马上要进去了，我就一个要求，就一个！"刑警队长点点头，示意他说。

"老电影院的羊肉汤店还开着吗？我十年没吃过了。"后来，我给王立秋买来了羊肉汤，他是哭着吃下去的。

王立秋落网了，局里组织了庆功宴，很多人想起老靳，却没人主动提起他。

老靳是所里出了名的杠精，和所长差不多的性格。他俩的情况也类似。年轻时，老靳在钢厂当保安，所长在瓷器厂当工人。所长比老靳年长，1985年工厂效益还好的时候，就辞职考了警校。每个月工资比工厂少了一截，被人嘲笑了好多年。而1996年老靳下岗，只有当辅警的机会。他心里憋屈，尤其是和所长一起喝酒的时候。

有人背地里嘲笑老靳没眼光，老靳工作一较真，就有人向他抱怨。我有时候想，要是老靳的身份和所长换一换，大家会怎么看待老靳这个人呢？

在所里，老靳的名字好像是压在抽屉底下的印泥一样，平时你怎么都找不到，又会在不经意间冒出来，把你的手染得红红的。

老靳追悼会那天，全局只要不值班的民警都去了，遗体告别仪式上，黑压压的警服"站"满了大厅。老靳的母亲七十多岁，她对局长说："靳辉走了，我这孙子……"她的意思是想让老靳的儿子来所里接班。但辅警早已纳入市人社局统一管理，不考试入编谈何容易。局长握着老靳母亲的手，缓缓地摇了摇头。

当时，王大哥想去送送老靳，又怕公安局传唤他。丧礼第二天的中午，他匆匆放下一千块钱礼金就走了。

老靳是病亡，不属于因公牺牲，也没有太好的优抚政策。我到最后都没告诉老靳的儿子，老靳是为了让他接班，而去追查王立秋的事。老靳想立功，也想做警察该做的事。

老靳去世半年后，派出所小规模改造，门口挂了十几年的"治安联防中队"牌匾被摘下，放进旧仓库。改造让所里焕然一新，也似乎从那时起，老靳的名字，越来越少被提起了。

2019年3月5日是老靳去世一周年，我又想起他仰着带刀疤的脸，坐在值班室里冲我说："有警情我通知你们。"

答应老靳的那顿饭，我还没来得及请呢。

命运替身

2019年5月，我去北京聊专栏稿件。三天后，我却意外接到所长的电话，让我立刻回去。

　　第二天一早，我赶回小城。邓所长从小铁盒里拿出钥匙，拧开保险柜，取出一个黄色牛皮纸文件袋。上面用马克笔写着四个大字——"实名举报"。里面是一封手写的举报信，字迹认真，足有一大沓，信纸边缘起了毛边，看来很久前就写完了。

　　举报人称：1998年6月，他被三个歹徒袭击，颞部骨折，身中三刀。一年后，他的大舅子被同一伙人砍断手，重伤去世。当年的办案民警为歹徒充当"保护伞"，行凶者至今逍遥法外。

　　信里提到的人，今天可都是不折不扣的"大人物"。信里提到的警察已经去省里当官了；提到的凶手则是小城餐饮业的龙头老大，身家千万的方大江！

　　"我立了军令状，指派你当第一责任人。"邓所长说，

"案发那年你才五六岁，不管最终通过这封举报信会调查出什么真相，都和你没关系。需要我协调的，尽管开口。大胆地查！"

没想到就因为年纪小，我成了这起陈年旧案的负责人。我盯着举报信，似乎在凝视一座看不见底的深渊。

我翻到举报信的最后一页，落款是"朱桐"。难道举报人是市医院急诊科的主任朱医生，我的老熟人？

朱医生有一米八的大个儿，胖得像个弥勒佛，成天笑眯眯的，是从医几十年的老医生。急诊科值班室就在我们警务室的隔壁，他经常端着茶杯找我聊天。有次我出警被人打伤，他凌晨2点爬起来给我写病历，开药。平时只要他值班，挂号、缴费的程序全免，他直接带受伤的警员去处理。

我没想到，朱医生的身上竟然还隐藏着这么大的冤情，心里感到异常沉重。

"这件事在我心中隐藏了二十一年。直到今年，八十多岁的老父亲病危时说看不到真凶落网，死不瞑目。"朱医生在举报信里写道：当年办案的所长（已病故）被授意压案不查，一年后升迁至刑警大队长；办案民警刘城也升任巡警副大队长。他被砍伤后，最先接触的就是刘城，正是这个人带他做伤情鉴定的。

我只能先从刘城查起。离开邓所长的办公室，我立刻去了分局。

刘城个子不高，满头白发。当时他刚洗漱完，正准备上班巡逻。我没有客套，直奔主题："1998年，朱医生被砍，是怎么回事？"

"二十一年了，我办了多少案子，这哪能想起来。"刘城笑了。

"怎么会？"我没想到刘城会说不记得，"一个医生被砍，这事不算小吧？再说，当年都知道是谁干的。"

刘城表现得很不耐烦："九十年代那么乱，警察被砍都不算新闻。你那时才几岁，肯定不知道这里面的情况。总之，应该有过这个案子，至于鉴定是不是我带他做的，想不起来了。"

"老所长、老领导都死了。想找真相，你找死人问去吧！"刘城丢下一句话，转身走了。

我一个人在他办公室，不知所措地站在原地。

下午，邓所长让我约刘城在市局司法鉴定中心见面，一起找朱医生当年的鉴定结果。只要有原始鉴定在，就能真相大白。刘城勉强答应。

其实去司法鉴定中心前，我挺兴奋的，毕竟自己可能接手了一个大案。但是所长泼了一盆冷水："真不知道你开心个什么劲，这个案子查实了，要处理自己人！"

司法鉴定中心像医院，也有刺鼻的消毒水味、走动的白大褂，只不过穿白大褂的是警察。我填了调档表，像等待宣布成绩的学生一样，紧张地等着。

这里最早的鉴定文书可追溯到二十世纪七十年代。黄皮纸档案袋存放在恒温、恒湿的库房里，拿在手里冷冰冰的。我要找的鉴定结果只有作业本那么厚，封面发黑，写着"1998-6-21故意伤害案"。

我小心地翻开，刘城也凑过头来看。老卷宗纸都粘在一起了，发出"吱吱"的声音。第一页是《呈请伤情鉴定委托书》。案情和举报信里说的一模一样。只是朱医生把案发时间写错了。

"被害人朱桐自述，1998年6月21日，在邮电局门口被数人砍伤，左颞部有约为7厘米的头皮撕裂伤，腹部有3处利器捅伤。综上所述，经办案单位申请，我单位受理，朱桐的伤情构成轻伤。病历附后。"

我略过发黄的病例和X光影像，翻到办案民警的签字——"刘城"。

"是我的笔迹。"刘城皱起眉头。

回所里的路上，我把车开得飞快。我想尽快找到案件的卷宗，了解砍伤朱医生的方大江接受了什么处罚。我对方大江很有印象，他发迹前是我们辖区的老住户，后来生意遍布全市，商圈、美食街、居民区里都有他的饭店和超市，连我妈买菜都绕不开他的生意。

方家是纳税大户，和各级政府有着相当不错的关系，市中心的商业广场就是他和首富王景合伙做的，整个商场各个楼层的店面由方家开发，市值近一个亿。

前几年没开始扫黑的时候，方家工地连工人和包工头都混得非常嚣张。有次工人和周围居民起了冲突，一个农民工动手打了人。派出所把人传唤走，几十号民工连同两个包工头开着奔驰就到派出所门口来要人，说自己带回去处理。最后是方大江和区里的人一起过来才平息事件。

存放重点人口卷宗的档案柜就在我办公室，全区近三百名前科人员的档案都在。泛黄的登记卡上，方大江还是梳着分头的瘦弱年轻人形象，穿白衬衣黑西服，扎条大红领带，很有年代感。方大江生于1972年，履历一栏上写着"1998年6月，因殴打他人被治安拘留七日"。治安拘留？没有搞错吧！

除了这次治安拘留，方大江还把前妻的老板打成了手臂骨折，因此坐过一年半的牢。而他连砍两人一死一伤的案子，绝不应该只是拘留。

我想过其他可能，也许方大江在1998年6月不止犯过一起案子，七日拘留的处罚不是针对朱医生被砍案的。但我知道，这样的巧合微乎其微。我终于意识到，这次的调查可能是个刀刃向内的苦差事。如果辛苦追寻的真相，导致自己人被处理，我以后还怎么混？这又是督办的案子，不可能蒙混过关。

第二天，我顶着黑眼圈，向邓所长汇报。邓所长黑着脸，眉头拧成了疙瘩，从腰间摘下钥匙，带我去寻找1998年6月的出警记录和原始案卷。6月17日，是一起故意伤害案；6月30日，是一起盗窃案……我在档案柜前寻找了好久。

奇怪的是，1998年6月21日，朱医生被砍案的卷宗——消失了！

邓所长立即带我去分局找郑舟局长求助，然而分局后勤处的人说，他们只保存了2005年以后的档案，之前的由派出所自行保存。

"敢情2005年以前，你们都是给国民党干的？"郑局长听了很生气，猛抽了好几口烟。郑局长和邓所长让我出去，俩人关上了门。

事情复杂了。当年的办案民警刘城让我去问死人；方大江给朱医生造成一级轻伤，却只被不痛不痒地拘留了七天，朱医生的大舅子胡鹏的死因不明不白；当年的卷宗，既不在派出所，也不在分局。

一切都在指向最不好的结果——二十一年前，经办案子的警察室有"内鬼"。有警察徇私枉法，重罪轻罚。而深夜行凶的方大江，如今却成了小城里的纳税大户、官员们的座上宾，这岂不是官商勾结黑幕重重？

我突然开始担心，"内鬼"是不是已经知道了我正在调查？他会不会已经通知了方大江？

邓所长把我叫回屋里："你找朱医生做一份谈话笔录，问清楚每一个细节。"他还提醒我："卷宗的事，要严格保密。"

回派出所的路上，我们碰巧遇到了朱医生。他还是笑眯眯地跟我打招呼："蒋警官，你脸色怎么这么难看？"

我凑过去让他低下脑袋，小声说："信收到了，我想了解一下详细情况。"

朱医生脸上的笑容瞬间消失，重重地点头。我把他带进询问室，他急切地问："这个案子是不是你在查？"

见我点头，朱医生笑了："那我就放心了。你不认识那些人，办案没有顾忌。"随即他脸色一沉，压低声音说："你可要小心，那些人手段黑着呢！"朱医生抬起头看着天花板，叹气说："整整二十一年了啊。"

1998年6月21日午夜，朱医生和大舅子胡鹏在邮电局招待所的饭局上喝得东倒西歪。医院家属楼在一千米外，两个醉汉跟跟跄跄地步行回家。

如今那里是区国税局，有个停满豪车的汽贸市场。但当年，除了邮电局大楼上亮着的灯火，四周都是破旧的瓦房和居民楼，一片漆黑。邮电局大门前有个纳凉用的八角亭，晚上总有醉鬼横在那儿。

那晚，醉眼蒙眬的朱医生看见凉亭的长椅上坐着个年轻汉子，身边放着一件用报纸裹着的东西，他以为那是个刚下夜班的工人。几秒钟后，朱医生再次看向凉亭，他发现汉子不见了。随后就是一阵剧痛传遍全身，他听到胡鹏在喊："方大江你干什么！"

这是朱医生最后的记忆。

胡鹏后来告诉朱医生，那人当时扯下报纸，亮出一把宽背大砍刀，冲过来就往他身上抢。旁边的胡鹏吓了一跳，号

117

叫着跑向公用电话亭报警。回来时，凶手不见踪影，朱医生脸朝下趴在地上，脑袋被砍出一个能看见颅骨的大口子，腹部血流不止，现场只剩下几个路人在围观。

两天后朱医生才苏醒。当时还是派出所民警的刘城来询问案情，而目击者胡鹏跑了。朱医生能提供给警方的只有一个名字——方大江。

一周后，病房来了位不速之客。分局协警李军提着两罐奶粉、一个果篮，来替方大江说情。连同歉意带到的，还有方家人凑的两千块钱。李军是个很特殊的协警，当时的李副局长（如今在省里当官）是他爸。

李军对朱医生说："真追究起来，你抽粉的大舅子也得进去，何必两败俱伤呢？"

朱医生听出来了。李军知道他大舅子胡鹏吸毒的事，这是在拿这事威胁他。不久后，朱医生听说负责这个案子的两个民警——当时的老所长和刘城，都被提拔了。至于案子，再也没有人找过他，他一直不知道处理结果。

朱医生心里明白了：方大江能说动李副局长的儿子说情，指不定还有多大能量。他认定，两个民警的升迁，一定和自己的案子有关。他万万没想到，就在1999年夏末，避过风头的大舅子——"毒鬼"胡鹏，也被方大江砍了。

那天凌晨3点，化工厂单身宿舍二楼靠楼梯的房间里，喝了酒的胡鹏被一阵敲门声吵醒。他摸黑走到客厅开门，面前站了个黑乎乎的人影，蒙着面。昏昏沉沉的胡鹏瞬间清醒了，抱头往回跑。黑影身手更快，一道白光挥来，胡鹏用手护头，右手传来一阵热辣辣的感觉。

他把黑影踹了个趔趄，想伸手关门。透过月光，胡鹏看见自己右手的四个手指被齐刷刷斩断，只剩了大拇指。他顾不得剧痛，一脚将门踢上。楼梯传来一阵响动，那个黑影跑下楼了。走回卧室短短几米，胡鹏用尽了全身力气。他用搭在衣架上的白背心裹住伤口，然后打开抽屉，拿出个小玻璃瓶和一次性注射器，最后吸了口毒品。

趁着药劲还没散，他走到市医院。正在值班的朱医生见到疼得满头大汗的胡鹏，吓了一跳，眼泪掉下来了："又是他们？"胡鹏艰难地点点头。

朱医生抓起电话要找人。"别！千万别！算我求你了，赶紧给我处理一下。"胡鹏的右手剧痛无比，好不容易吭哧出一句完整的话。

"你这样会出人命的。我给骨科打电话，你马上住院！"朱医生也急了。

"我求你了，给我处理一下。别的医生知道了肯定要报案，那些人我们得罪得起吗？"胡鹏哀求道。

朱医生蹲下来，看见胡鹏用背心包着的右手还在往外渗血。胡鹏看到朱医生脑袋左侧头发下面隐约可见一道蜈蚣似的刀疤。两个人互相看着，抱头痛哭。

朱医生感到彻底的绝望。他救死扶伤这么多年，在本地也是体面的人物，如今被欺负成这样。向上级举报吗？指不定会招来新的报复，自己端的是铁饭碗，朱医生不敢。

熬了小半年，胡鹏因为感染引起的败血症死了。他被砍掉的手指之前用塑料袋包好埋进了祖坟，胡鹏去世后，就挖出来和尸体一起火化了。

这件事在朱医生心里结成了一个疙瘩，一直没解开。

几小时的讲述中，平时弥勒佛一样笑呵呵的朱医生涕泪横流，让人心里十分不好受。我和邓所长对视，心里愈发认为这事不是假的，必须查出真相。在那一瞬间，我作为警察觉得挺对不起朱医生。派出所说不定就出了个"保护伞"，朱医生申冤无门，隐忍了二十一年。我要是朱医生，肯定恨死警察了。

"别哭了。这次重启调查，我肯定给你一个结果！"我掏出纸巾宽慰朱医生。

"这次，可千万不能漏气啊！"朱医生临走前，反复叮嘱我们。

送走朱医生，邓所长问我这事打算朝哪个方向查？我担心如果真的有"内鬼"存在，方大江迟早会知道，到时候我们就不知道他会做什么准备了。既然案件的相关人都在明面上，直接传唤他好了。

启动调查的第三天上午，我和邓所长穿着便服驱车来到市中心的别墅区。这个小区的构建非常有意思，虽然在繁华的商业街，却被高大的行道树隐藏。我们开着车找小区门，几次被高大的围墙拦住去路。兜了好几圈，我们才找到小区的停车场。成排的豪车里，却没有方大江的车。他名下有不少豪车，但平时出门只开二十来万的白色雅阁。他这辆雅阁非常招摇。我们市的车牌，"88887"属于路虎，"88888"属于劳斯莱斯，"88889"就属于方大江的雅阁。方大江家的别墅装着两米来宽的黄铜大门，门上有虎头形的门把手，门楣上还挂着大红灯笼，很气派。

方大江在本市的势力盘根错节，我心中难免忐忑。我对自己说："我是警察，别紧张，这就是一次普通的传唤。"

敲了半天门，没人应，连狗吠声都没有。小区很安静，没有行人，方大江家隔壁的院子里，有个老太太在剥蚕豆。老太太说话了："你们找谁啊？"我们说自己是方总的朋友，路过这里想拜访一下。

老太太笑着说："一看就知道你们来往得少。小方他很忙，平时回来得少。"她向我们夸方大江，说他虽然不经常在这儿住，但每到中秋、春节，都会在酒店留几桌年夜饭，请邻居过去吃。

我们决定直接去市中心的方氏餐饮集团——方大江的地盘。在酒店楼下，我拨通了他的电话，只说想当面了解个事。

"警官辛苦了，我马上到，我交代前台上菜，咱们边吃边聊！"电话那头，方大江笑着寒暄。

"不用麻烦方总，就找你问个事。"我赶紧回绝。

我和邓所长计划，方大江一下车，我们就叫他上警车，出示传唤证带回去。在车里，我把执法记录仪调成录音模式，放在储物格，用制服盖住。

十分钟后，我的手机响了，是人民调解办公室的朱主任。

方大江在给自己"上保险"——知会熟人，找做调解工作的"老好人"，来打听我们是不是要带他走。我对朱主任说，就是个小事，聊几句。

"你早说啊。聊几句搞这么神秘，我也过去！"没等我往下说，他就挂了电话。

想在门口带走方大江的计划，失败了。

方大江从雅阁车上走下来。他四十多岁，长脸，浓眉大眼，普通的板寸头，穿着POLO衫和西裤，左手腕上的劳力士很显眼。

酒店的自动门开了，瞬间涌出一股冷气，让人很舒服。我们一起走到大厅，还没上电梯，朱主任一路小跑过来。他笑呵呵地打圆场："方总是名人，蒋警官和邓所长我也认识。这不巧了吗，中午谈完，吃个饭认识一下，多好！"

方大江的办公室有五十多平方米，铺着地毯，四面墙挂着字画，墙角还摆着一人多高的花瓶，后面是个巨大的书架。红木办公桌上，摆着电脑、文件和一本思想政治类的书。走进这样的办公室，我总担心自己被监听。为了表现得不紧张，我强迫自己转移注意力，盯着倒茶的女服务员看。

"方总，你的户口似乎对不上，我们来找你核实一下。"这其实是邓所长临时想出来的托词。

"这事啊，劳烦两位专门跑一趟了。我的身份证确实有问题。"

方大江没有表示出惊讶："我其实叫方小海，和我哥哥换了身份证。我被叫了几十年方大江，还背了我哥的前科。"

哥哥变弟弟？这个意外信息，彻底打乱了我们的调查计划。

我们压抑着内心的震惊，反倒是朱主任"啧"了一声："这是怎么回事啊？"

面前的"哥哥方大江"，突然变成了"弟弟方小海"。他不停地劝我们喝茶："这个故事有些复杂，得慢慢说。"

1998年，哥哥方大江砍伤朱医生后，工作丢了。妻子觉得丢人，带孩子回了老家。方大江拘留出来以后去找妻子，结果和妻子的老板起了冲突，打断人家的手臂，又蹲了一年半。

"为什么互换身份？"我问。

方小海有些无奈地说："这也没办法。"当时他们的父亲指望哥哥方大江接班，已经把他安排进了保卫科，没想到却坐了牢。家里为了解决方大江的生计问题，想到了换身份的办法。当年，办一代身份证还是自己提供照片。这哥俩相差六岁，但外貌几乎一模一样。方大江就拿着弟弟方小海的照片重新办了自己的身份证，明面上接父亲班的人从哥哥变成了弟弟，其实去上班的还是原来的方大江。

方小海说："这些老皇历我本来不打算再提，但一想到我孩子以后要是想吃公家饭就犯愁。我这一身前科，他的政审可怎么办呀！"说这些往事时，方小海神色如常，但只要一提到身份问题，我和邓所长都能听到轻微的金属摩擦声，那是他手腕上劳力士手表的金属表链发出的——他的手在抖。

邓所长笑了："这下搞清楚了。要是方总方便，来分局户政处，问问这种历史问题怎么纠正。"临走前，他让方小海留个签名，拿回去和户籍底册的笔迹对比。

方小海从口袋里摸出钢笔，用颤抖的手划拉出歪歪扭扭的名字。"我这些年有过轻微脑梗，老手抖，不好意思了。"起身送我们离开时，方小海解释了一句。

方小海心里有鬼！走进电梯，我刚要说话，邓所长示意别吱声。这是我坐得最漫长的一次电梯。这个方总身上，谜团太多，而我脑子一片混乱，一时半会儿还接受不了。

坐上警车，我想起执法记录仪还没关。机器已经被捂得发烫，我的手指触碰到黑色机身，被烫得往后一缩。

朱主任站在车旁冲我们摆手，邓所长摇下车窗，朱主任满脸堆笑："方总说，两位大老远跑来，本来想留你们在这儿吃个饭，但想想不太合适，他拜托我中午招待你们。"

我们假借户籍调查之名，没想到歪打正着，有了意外收获。但要是吃了他的饭，那可真是说不清了。

"以我个人名义请朋友吃饭，总行吧？就工作餐。"热心的朱主任急了。

"当然没问题。金所长认识吧？叫他一起，也热闹些。"邓所长只好说。朱主任喜出望外，到树荫下给金所长打电话。

邓所长小声跟我说："老朱是个'烂好人'，在调解办干的时间长了都这样。我们要是开车就走，鬼都能看得出来这趟不是因为户籍的事。叫上老金，不让他疑心，也给我们做见证。"

金所长是市中心派出所的所长，个子不高，非常能干。他一口答应，说中午好好聚聚。朱主任带我们坐进一家叫"一碗鲜"的饭店。我们一边聊，一边拿起水壶烫餐具。我拿餐巾纸擦筷子时，突然注意到纸巾一角印着"方氏餐饮"。

怎么偏偏来了方家的饭店？接受嫌疑人吃请，这是严重违法违纪的大事。邓所长脸色一变："老朱，这好像不太合适吧？"

"那咱们换一家？"朱主任也结巴了。

金所长赶紧打圆场："人家方总的产业这么大，全市哪儿都有他家的分店，这不是巧了吗？"

走出饭店时，我看见大堂天花板上的监控摄像头闪烁着红光，我浑身不自在，感觉方小海好像正在办公室的电脑前盯着我们。

最后我们居然钻进了一家火锅店。大热天的，全场只有我们一桌客人，即使开着空调大家还是热得浑身冒汗。吃饭时，我们默契地都没谈工作。

朱主任离身买单时，金所长探过身子，压低声音："不是那么简单的吧？户籍问题，用得着所里两员大将亲自来查？"金所长瘦削的脸上挂着笑，盯着我和邓所长问，声音小得都没盖过火锅汤的"咕嘟"声。我们点点头。金所长的为人我们十分信任。

"二十一年前，朱医生的大舅子，死得冤啊。"金所长收回身子，轻轻地说了句。

朱主任买单回来，把发票交到邓所长手里："明码付账，绝对没问题。"

我们知道，朱主任没什么心眼，是被蒙在鼓里了。但是我们如果在方家饭店吃了，再没索取发票，事后方小海拿着监控说警察接受吃请，我们跳进黄河都洗不清。

朱主任说，方小海打电话给真正的方大江，说户口问题能改了。方大江在电话里问："只是改户口？没别的事情？"

听到这里，我们喜忧参半。看来老朱完全不知情，这是好事；另一方面，当年砍人的方大江肯定知道，派出所重启调查了。这场对二十一年前案件的调查将走向哪里，真的很难说。我在手机上打出三个字——"漏气了"，递给邓所长看。

分别时，金所长笑得意味深长："有空常来，工作多沟通。"

"下午把哥哥方大江喊来问话，没什么好掩饰的了。"邓所长发动车子，对我说。

终于联系上真正的方大江，他满口答应，说下午准时来派出所。一中午时间，对方家兄弟和我们来说，都足够干很多事情。这兄弟俩家大业大，公司的律师肯定不是吃干饭的。如果我们要重新取证调查，必须一击即中，不仅要程序合法，更要抓住关键证据，不能给对方留下反咬一口的把柄。

从方大江的人身安全检查到问话提纲，还有传唤时间的精确把握，决不能出一点差错。邓所长说："所有细节都要考虑。"

下午3点，方大江准时来了，他和上午我们见到的老总方小海长得一模一样，只是略胖。方大江现在也是方氏餐饮的一员，负责城北的业务，也算个老板。他见到警察十分客气，连忙给我递烟。我摆手拒绝，带他到询问室。

他把随身的公文包放下，征得我们同意后，拿出了当年的出生证明和刑事判决书。二十一年过去了，真正的哥哥已经习惯了当弟弟，一时改不了口："上午我哥说了，这些老皇历本来不该提的。"

我们提起朱医生，他笑了笑说："这事早处理完了。"

他说，1998年6月21日，自己和两个朋友喝完酒，在邮电局大楼凉亭附近休息。他坐在亭子里，两个朋友在破瓦房的墙根下聊天。他们在等朱医生的大舅子胡鹏。

当年还不到二十岁的弟弟方小海说："你们厂的那个'吸毒鬼子'胡鹏和我不对付，我一没人二没势的，惹不起他。哥帮我给他个教训，让他以后收敛一下。"

方大江没当回事，和弟弟说，都一个厂的，坐下聊聊就解决矛盾了，不用非打一架。方小海却坚持要动手解决，说自己不想和吸毒的人坐在一起。

九十年代，小城里经常打架。只要不惊动派出所，都不算个事。但方大江担心胡鹏报案，毕竟是一个厂子的，追究起来很麻烦。但弟弟的一席话打消了哥哥的担心。

方小海说："大哥你是保卫科的，胡鹏有吸毒前科，会怕你抓他进派出所。他不敢追究的，除非他不想在厂子里混了。给他点教训而已，不会出事的。"

方大江是个老实人，他觉得当哥哥的，该帮被欺负的弟弟出头。再说，教训个"吸毒鬼子"，没什么负罪感，真要出啥事，当领导的爸爸和当警察的同学李军都能帮忙。那时的方大江二十六岁，正年轻气盛，平时很疼爱弟弟方小海。他叫上两个朋友喝了顿酒，带上砍刀，准备在半路动手。

一直等到深夜他都快睡着了，两个朋友也烦躁了，不停转悠，朱医生和胡鹏才出现。蹲在墙根下聊天的那两个朋友最先看到了人。他们从方大江身边抄起刀，没分清人，刀子不偏不倚正中朱医生的脑袋。

　　两个朋友是无业游民，无牵无挂，准备远走高飞。而方大江愁得不得了，他被父亲安排在化工厂的保卫科工作，将来要接替父亲的位置。这事要不能私了，自己肯定要蹲大狱，被厂子开除。他找来老同学，分局局长的儿子李军帮忙，结果李军没办成事，灰头土脸地回来了，方大江只好跑了。李军就把钱还给了方家人。

　　他跑了半年多，藏在一百千米外的农村，干些种地、收作物的杂活，惶惶不可终日，钱也花完了，就回来投案自首。

　　"我不是主犯，又主动投案自首。朱医生不是我砍的，我还提供了那两人的下落，最后就被拘留了七天。"

　　我问方大江："那两人现在还能联系到吗？"

　　他说："两人都死了。"

　　"死了？"

　　"真死了，他们的丧事我都到场了。"方大江拍着胸口。

　　他没说谎，我用户籍系统查了这两个人，他们分别在2016年和2018年去世，都死于肝癌。

　　如果那晚方大江只是踢了一脚，以1998年的法条来说，七天拘留的处理没问题。轻伤害处以三年以下有期徒刑，砍伤朱医生的两人，一个被判了劳教两年，一个被判了劳教三年，也处理得没错。但方大江的话需要卷宗支持，既然案件裁决了，卷宗怎么会没了呢？

　　我带着疑问汇报给邓所长。邓所长舒了一口气，他这才想起来，2013年劳教制度取消后，所有牵涉劳教的卷宗统一存放在市局地下档案室，只要调档就清楚了。

一个小时之后，档案的复印件被带了回来，方大江所说不假，疑团似乎清楚了。至少证明，派出所没有"内鬼"。当年这个案子确实处理得有瑕疵，没把处理结果告知受害人朱医生。他还以为姓方的一家势力大有靠山，误解了这么多年。而胡鹏被砍案，由于当年没有报案取证，当事人也已经去世，现在要查起来，也是困难重重。

谈话结束，方大江痛快地接过笔录，龙飞凤舞地签上自己的名字，还补了一句话："本人方小海，曾用名方大江，1998年的违法犯罪记录，都是我一个人做的，与我大哥无关。"

联想到方小海在他那豪华办公室里颤巍巍地签名，我更加确信，这两兄弟还藏着其他秘密。

我猛地想到那起"命案"——朱医生的大舅子胡鹏，为什么会招来杀身之祸？案件的相关人如今都不在世了，难道真像刘城说的，想知道真相，只能去问死人了？

两天后，金所长来了。他满脸大胡楂子，像好几天没睡觉，见了我和邓所长就说："方小海，那个老总，被我们刑拘了。"原来他已经盯了方小海小半年。

2018年年底，各单位都在主抓禁毒工作。当时，金所长的辖区里有个五十多岁的男人被群众举报是黑保安，带回来后发现这人正在社区戒毒。男人的尿检结果是吗啡阳性，这下得送去强制戒毒了。他想立功换个从轻处罚，却在"线索登记表"前愣了半天，退出江湖太久，他掌握的线索大多"过时"了。

金所长失去了耐心，男人一着急脱口而出："那姓方的老总当年卖过货，砍过人，不信你们去查。"

他说的"砍人"，指的就是二十一年前朱医生的大舅子胡鹏被砍致死。当年胡鹏被砍后，不敢再在厂子附近晃悠了，常去市区混日子。他的伤口疼痛异常，只能靠海洛因缓解。一次注射后，胡鹏跟毒友闲聊，说出了来龙去脉。

"混到我们这步和死人也没什么差别。当时大家也都没多问。过了几个月，我们听说胡鹏死了。"男人对金所长说。

临送走前，那男人冷笑："你们警察就会和我们这些吸毒的穷鬼过不去。人家老板，有钱，砍死人都没事。"

金所长找到已经退休的市医院副院长打听，证实了这个说法。胡鹏死于1999年10月，被人砍成重伤感染死亡，但当时居然没有任何报案材料和处罚结果。眼看就要过了二十年追诉期，他决定查到底。

金所长对我说："你们来找方小海的时候，说真的，我吓了一跳，还以为咱们俩单位'撞线'了。"

当我开始调查朱医生的举报线索时，金所长手里的证据差不多完备了。知道我和邓所长已经和方小海打过交道，金所长担心对方狗急跳墙。那顿火锅后，第二天早上6点他那边就动手了。

金所长早就摸清楚方小海的作息，一大早带人潜进别墅区，用密密层层的树木做掩护，抓捕车辆横在停车场出口。方小海开着雅阁出来，发现路被一辆车堵住，他摁了半天喇叭，前面的车也没反应，便下车查看司机在不在。方小海走到驾驶室旁时，车门突然打开，下来四个警察，他们亮出了证件和拘留证。

"差几个月就过追诉期。天网恢恢，这次的抓捕就像姓胡的来索命了。"金所长后来和我说。

"我们还没完全查清，你们倒好，这么快。"邓所长开玩笑地夸老金。

"这案子说来话长。"金所长叹气。

方家兄弟从小和父母住在化工厂大院里。兄弟俩的父亲当年是化工厂车间的小领导。在那年月，厂里的岗位都是长子接老子的班，这种情况被戏称为"献完青春献终身，献完终身献子孙"。1991年，方大江十九岁，高中毕业后就进入化工厂保卫科，从杂活做起。

方大江从小就很照顾弟弟，两人相差六岁，哥哥上五年级的时候，弟弟才刚刚入学。方大江那时候很早就起床上学，主动到学校门口戴上红领巾站岗，其实主要是为了买好早饭，等一年级的弟弟来的时候给他安顿好，然后再去上课。

他就这样顺从着家人的安排，按部就班地生活。框定好了的人生路线更好走且轻松得多，他只要负责成为家中的顶梁柱，照顾好弟弟，就将进入工厂获得不错的岗位。他知足了。

1994年，方大江结婚，方小海高中毕业。弟弟和大哥不一样，他必须自己去做选择：高考，还是参加工作？这哥俩的学习都不怎么样。当时不上学的年轻人，要么当兵去，要么接父亲的班。接班的事早已定给大哥，方小海不甘心跟在哥哥屁股后头当一个化工厂的普通工人。

但是家里好像没有察觉到这一点，每晚一家子聚在一起吃晚饭的时候还是那老一套："你爸老了，将来一家子还要靠你们弟兄两个，你多和你大哥学学，以后进厂他多带带你……"

方小海决定要自己闯出名堂。那个年代不去工厂，也并非完全没有路可选，他可以选择下海倒卖物品当个"倒爷"，也可以选择支个摊子做个体户，不仅能够自力更生，运气好还真能赚到钱。可他偏偏都不选，反而选了一条充满恶念的歪路——贩卖毒品。

本市靠近华南的地区是相当有名的毒品集散地，毒品交易屡禁不止，二十世纪九十年代尤为猖獗。方小海高中毕业后，借着打零工的名义频繁南下"带货"。他年纪很小，又不吸毒，当时的侦查手段很难发现这个小伙子在干这种违法勾当。

朱医生的大舅子胡鹏，就是方小海的买家。他吸毒被抓过,之所以没丢工作,不光是因为朱医生的面子大,也是靠供出卖家,让自己逃过了一劫。方小海很紧张,他才不到二十岁,要是被出卖,一辈子不就毁了。于是他不肯再给胡鹏供货。

胡鹏也不是个善茬。他曾和毒友说,买方小海的货是给他面子,他要是不领情,别怪他玉石俱焚。

年轻气盛的方小海,决定找哥哥方大江教训他一下。于是就有了1998年6月21日午夜,方大江认错人并砍伤朱医生的事情。方大江回来之后,兄弟俩长谈了一次。方大江这才知道方小海贩毒。方大江觉得刚满二十岁的弟弟,既熟悉又陌生,居然干起聚众贩毒的勾当。

但方大江没有劝服弟弟,更没有告诉警察这次砍人事件背后的实情。他就像过往那样服从家人的期许,照顾弟弟,一个人把罪名和刑期咽了下去。

方大江从拘留所出来以后,丢了工作,妻子也气得带走了两岁的儿子。作为被寄予厚望的老大,方大江陷入了人生的低谷。他决心先追回妻子,几经打听才知道,妻子带孩子回了老家,她改了名字,在服装厂打工。

他听说了一个不能接受的消息,妻子似乎和服装厂的老板有暧昧关系。临出发前,方大江喝了不少白酒,花了一块钱买了张车票,独自登上了通往小城西郊的绿皮火车。

妻子根本不愿意跟他回家,还对方大江一通冷嘲热讽。方大江想到自己逃跑、丢工作、妻离子散,借着酒劲,把怒火都发泄到了服装厂老板的身上。他和正剪了一半头的老板从争吵变成了打斗。方大江抄起一把刮刀，直接向对方挥去，一刀挥中对方的左胳膊，对方的手臂当场骨折。可见那一下的力气有多大。

打断人家一条胳膊，换来一年六个月的监禁。

方小海把自己和哥哥的遭遇，都归罪于"毒鬼"胡鹏。1999年夏末的深夜，方小海蒙面摸进胡鹏的单身宿舍，把他砍成重伤后当即坐车南下。他做好了万全的打算，如果胡鹏报案，警察肯定会排除在服刑的哥哥，自己则继续亡命天涯。如果胡鹏不报案，那他就收手，接过哥哥的担子，好好生活并照顾父母。

胡鹏到死都没有报案，方小海靠运气连过贩毒和杀人两关。

2000年，方大江出狱。第一件事是办身份证。当年的一代身份证，需要办证人自己提供一寸照片，能钻户政管理的漏洞。父亲拍板，让兄弟俩互换身份，方大江还是接工厂的班。

这次的互换身份，哥哥松了一口气，犯罪的前科一笔勾销，以后将以弟弟的身份回厂里工作。更庆幸的是方小海，当年贩毒的事始终是悬在他头上的剑，如今他变成了哥哥，连同自己身上的累累罪证，也被换来的命运掩盖了。

兄弟俩的生活似乎回到正轨。既然要洗白，方小海决定找个正经事做。

除了贩毒，方小海没有一技之长，朋友推荐了一个稳赚不赔的生意，在煤矿门口开饭店。煤矿最鼎盛时有两万工人，矿厂门口全是饭店，工人们排着长队来吃饭。很多人说，只要卖的东西吃不死人，就能发财。

方小海一开始干得不顺。主营项目是炸油条，但明显干不过两家邻居。头一个月下来，他只赚了一千块，基本都拿去请社会上的朋友们吃饭了。钱没挣多少，竞争对手还在背后搞小动作。方小海的店门口不仅经常被扔竹签、卫生纸这种垃圾，店门的锁眼还被胶水堵死了。那次好不容易挨到天亮，方小海叫来开锁师傅，他蹲着抽闷烟，看到对面饭店的老板娘在偷笑。

方小海开始反击了。他每隔一两个星期，就下黑手搞人家一次。不是在同行门口泼粪，就是在巷子里一闷棍打晕对手。他把早餐铺子发展为全天营业的饭馆，还雇了不少社会上的朋友照看。一群无业小青年成夜在店门口大摆宴席，酩酊大醉，脏话此起彼伏。再没同行敢来找碴了。

方小海通过暴力积累起了原始资本。他还是忘记了自己说要做正经事，更忘记了逃脱追捕时每天胆战心惊的日子。他怀揣已经清白的新身份，不满足于只开一家小饭馆，又一次进了浑水。

当初把早餐铺子兑给他的老板王景，现在生意如日中天，已经拥有了五家石料厂，名下的车队里重型卡车就有几百辆，早就赚下一座金山。他带人投奔王景，在石料厂附近开起食堂。

　　这家由活动板房搭建的食堂，位于矿山深处的深山老林里，只靠卡车司机来吃饭赚钱，方小海恐怕得饿死。其实食堂后面别有洞天，方小海在后堂开了家赌场。石料厂的作息一般是白天开采，晚上跑运输，那些闲得没事做的卡车司机往往喜欢玩两把。

　　两个老板强强联手，那些年简直是赚了个盆满钵满。这家赌场其实并不是完全安全，难免有输急了的赌徒报警，但是赌场位于一座被采空的大山里，望风的小弟们老早就从山顶看到了警车进山，等警察到现场时，赌徒们自然已作鸟兽散。

　　而此时，化工厂作为淘汰产能已接近倒闭，厂子里的方大江混得是真的惨，每月连工资都不能正常收到。据说当年他屋里的烟盒堆了足足有一面墙这么高，他整日在家，只要手头一闲马上就摸烟抽。

　　父母担心他迟早憋出病，有一年春节，父亲把他撵出去，让他洗个澡、剪个头，别在家闷着。方大江出门剪了个头就回来了，原来他没钱洗澡了。于是趁着父母不在家，方大江自己在灶台烧水洗澡，冻得直哆嗦。

　　前几年，化工厂倒了，方大江四十多岁就拿到了提前退休的钱。他之前在外面借了不少钱，退休金几乎都拿来还债了。他知道弟弟发财的路子太野，想劝弟弟，又觉得自己这么落魄，说话没作用。而且，因为教训胡鹏的事情，兄弟俩的关系有些疏远了。

　　他一如当年那样软弱。曾经弟弟说要去报复，他劝不住，只能帮忙去砍人。如今弟弟又一次犯错，他不敢劝，反而跑去央求父母："小弟这么干下去，迟早出事。"他就像一个大孩子告状，却拎不清弟弟到底在闯多大的祸。

然而方小海的运气没有用光，他在警方彻查之前关闭了赌场。此后他通过炒卖商铺，换了一个名头，手里的生意都洗白了，就像当年他洗清身份那样。

多年之后，煤矿倒闭，两万人的大厂转眼间烟消云散。厂门口从热闹非凡的商业区，变成野猫野狗出没的荒芜之地。当年的饭店老板，有些摇身变成了黑车司机，在路口等客时追忆过去的辉煌。

2012年左右，石料厂因为环保和国土问题，经营状况不是很乐观。两个老板分道扬镳，坐拥十几个亿资产的王景进军正火热的房地产业，而方小海干起了老本行，在经济开发区盘下了不少商铺，摇身一变成了餐饮大亨。

当年，方小海害哥哥入狱，丢了工作，妻子也跑了，四十多岁的方大江还是光棍，他一直想补偿哥哥，提出哥俩一起干。但是方大江好像不领情，对弟弟的提议不感兴趣。

方大江对弟弟的野路子看不上。他觉得，自己作为家里的长子，决不能再蹚进去了。哥哥越是不愿意靠弟弟，弟弟就越过意不去，他知道哥哥心里不舒服，也无法理解他的生存方式。在过年的家宴上，方小海提出把北片的生意交给哥哥打理。方大江又婉拒了，他说靠提前退休的工资，足够生活了，他做不来生意。

方小海打听到，嫂子带着孩子在乡下过得不好，他主动开车去找她，说得十分诚恳："我哥四十多了还没续弦，你带孩子回来吧，大哥需要个女人照顾。"他回来对哥哥说："嫂子知道我们兄弟俩混得不错，想回来，你为了孩子，是不是把我这生意接下？"

方大江再没有拒绝的理由，这些年，他没去找妻子，很大原因是自己穷困。如今只要加入弟弟的公司，他和妻子就能破镜重圆，儿子也能回到身边。对他来说，什么事情都没有家庭重要。

坐在办公室里，金所长讲故事的兴致很浓："这个方小海够嚣张的。他不知我手里有多少真材实料。"

接受讯问时，方小海一身白衬衣黑西裤，戴着劳力士，看不出来当年是个"混子"，倒有点"儒商"的意思。但他一讲话，还是透出江湖气。

"不是有警察来过了吗，只是查个户籍而已。我知道这事不简单，我那天走运，你们也走运。"

我一听就知道方小海的意思。他一开始就想把我们引入自己的饭店吃饭，监控视频就是我们接受"吃请"的违纪证据。

金所长也把方小海的哥哥——真正的方大江——传唤到派出所。方大江几乎重复了一遍原来的说辞：承认当年打了朱医生，后来换了身份，其他一概不知。"违法的那几件事都是我自己干的，与我弟弟无关。"

方小海是上午来办案中心的，眼看快中午了，但讯问进行得很不顺利。

"这几十个小时，我什么都不说，你们也不能把我怎么样，过几天我就能取保。"方小海说起话来轻描淡写，好像胸有成竹。

"到底是个老总，请的律师都非常有水平。问我们民警索要必须出示的法律文书，和方小海妻子谈话也是在外面说，不让我们听到。"金所长说。

时间正在过去。金所长决定亲自操刀讯问。方小海此时刚吃完饭，对金所长开玩笑："要不要我把集团的厨子介绍给你们单位几个，这饭菜也太一般了。"

金所长看了看民警的第一次问话材料，除了个人信息之外，方小海说了大量的"不知道"，甚至说不认识胡鹏。

方小海有些无聊了，不时回头看钟，信心满满地等时间一到，便大摇大摆地走出派出所。金所长注意着眼前方小海的小动作。当翻到那几页早已发黄的病历时，他用余光看了下方小海。方小海的手又开始抖了起来，虽然此时他的劳力士手表放在办案中心的暂存箱，听不到那种金属摩擦的声音，但是这个小细节也没能逃过金所长的眼睛。

方小海说自己不认识胡鹏，但哥哥的口供在前，他又改口说自己认识胡鹏，但没交集。随着讯问深入，方小海越来越不能自圆其说。在打开空调的讯问室里，方小海的脑门冒汗，后背的白衬衣被洇湿了。

金所长觉得火候到了。他笑了笑说："一个因为打架丢了妻子和工作，一个好像也不干净，你和你哥都有砍胡鹏的动机啊。"

"×！一人做事一人当。"

方小海已经硬扛了十几个小时，再过几个小时，如果还没有进展，就要送他去看守所，变量就多了。但一听金所长扯上了哥哥，方小海在"胜利前夕"竟然撂了，话都和哥哥方大江一样："与我弟弟无关。"

"与我弟弟无关"，是方家兄弟在审讯中不断强调的同一句话。这么多年，方小海也习惯当哥哥了。

最终，方小海被刑拘。方大江恢复了真正的身份，也接过了弟弟打拼出来的生意。

"你好好改造，家里有我，等你出来。"方大江隔着铁栏杆说，方小海低下头。

方大江、方小海两兄弟的人生，在使用对方的身份中度过了大半。他们最初都以为这是最好的结果，却从没想过交换命运后的代价。

弟弟把自己罪恶的发家史推到了哥哥身上，哥哥则通过使用弟弟的身份，继续沿着父亲规划的人生道路往下走。如今他们的人生再次交会了。我想他们也许这时才发现，每个人的命运终归是自己的，旁人永远也无法顶替。

弟弟方小海的无知源于家人的放纵。他和家人天真地以为新身份能改变一生，谁知道本性如此，换了一个名字没有任何意义，他还是在一次又一次的侥幸里犯下更深的罪恶。

金所长告诉我，他们抓人时，方小海已经在策划出逃境外。他还安排好了妹妹在公司坐镇，一旦来警察，妹妹首先要做的就是拖住警察，说"方总有事，一会儿就到"，给他的出逃争取时间。

"他不怕这样做之后，他妹妹就犯了包庇罪吗？"

"所以说他是个狠人。"金所长说。

结案两个月后，我见到了当年带着方小海打拼过的首富王景。他这么评价方家两兄弟："那个年代过来的，生意能做这么大，有几个善男信女？"

"但是不管做什么，得为自己的行为负责。"王景曾经因为非法采矿蹲了五年牢，出狱后东山再起。"什么都想要，什么都不想付出，方小海输在了自己的眼界上。"

当年王景和方小海一起开发住宅、商场，投资几个亿，最后亏损了不少。方小海决定低价抛售楼盘，快速回笼资金，和合作伙伴做切割，连王景的意见都没问。两人因此产生了嫌隙。

那阵子王景欠了银行、政府、投资商一屁股外债，连劳斯莱斯不小心蹭掉车漆都没钱补。后来经济大环境好转，王景度过了危机，卖掉商铺赚的钱超过了方小海抛售的金额。

在我看来，方小海的所有错事，都是为了谋私利而不惜踩着别人、牺牲别人。就像当初方小海想报复胡鹏时，却让当保卫科干事的哥哥出手。

方大江、方小海两兄弟的关系非常微妙。他们过年都不在一起吃年夜饭。方大江接受新身份，也接下了不小的生意，但他一直住在老城区的祖宅，没有车子，没有房产。比起方小海的陆巡、皇冠和别墅，几乎可以用低调得可怜来形容。方大江似乎觉得弟弟得来的这一切，迟早要归零。

方小海对过去做的事似乎有些后悔，每年留几桌年夜饭给邻居，有些"积德"的意思。

王景有一句话我很认同："在哥哥的庇护下长大的弟弟，虽说从小就下决心要超越大哥，但是他从来没有直面过自己的行为可能带来的后果。"

这个弟弟没有真正长大过，二十年前如此，二十年后还是如此。

身边的陌生人

2018年5月，检察院的几位同志来到我们派出所进行调查。

我被亲手逮捕的嫌疑人检举了。

他在看守所里指控我刑讯逼供，且否认自己犯下的六起案子。然而派出所的人都知道，这人究竟干了些什么事——整整四年的时间里，他游荡在医院、学校和居民小区周边，把这片只有五万多人居住的老煤矿区闹得人心惶惶。

我们派出所位于城乡接合部，辖区居民多是下岗和退休工人。煤矿倒闭之后，年轻人出门务工，留守的都是老人和孩子，平时的治安状况相当不错。这里都是高矮错落的自建房和老化的基础设施，监控设备的覆盖率不高。

一开始，由于受害者的年龄太小，又受到惊吓，侦查工作进展艰难。我们始终不清楚他的长相，更无法确定他的身份。唯一能确定的是，他是个秃头的中年男人，是个一直潜伏在我们身边的陌生人。

2018年5月8日下午，我和同事在辖区的一个十字路口驻守。正在冲锋车里聊天时，接警台通知我，绣苑小区七号楼一单元一层有人报警。司机一脚油门，把车开到了小区门口。

我刚下车，就看到一个女人朝我们猛招手。女人有个上小学二年级的女儿，叫甜甜。刚刚班主任来电话，说甜甜下午到学校后，一直趴在课桌上哭。下课后老师把她带到办公室私下问，这才知道，甜甜在上学的路上，被一个"爷爷"拉进了小区的楼道里，"爷爷"强迫甜甜摸他。

我安排同事去学校接甜甜，然后到小区里走访调查。

结果不尽如人意，案发现场毫无线索，更没有目击证人。我只好前往小区物业调取监控。为了保护甜甜，我告诉物业经理，只是查一桩电瓶车失窃的案子。

监控视频显示，下午1点15分，甜甜走出七号楼，一个秃头中年男人骑着辆红色电瓶车，随着甜甜消失在画面中。

根据小区里的其他监控头，我们得到了更多线索。秃头男人在中午12点30分进入小区的监控范围。他在小区里游荡，还坐在草坪上休息了片刻，监控捕捉到了他迎面骑车时的身影，他的脸出现在了物业的监视屏幕上。

这是一个瘦小的中年男人，皮肤黝黑，半个脑袋已经秃了，穿一件灰蓝色格子衬衫，下摆塞进黑西裤里。画面的清晰度不高，可以大概判断长相，他有一双小眼睛，瘦长脸，大脑门。

小区大门口的保安室距离案发地只有七十多米，中午时

身边的陌生人

天气炎热，晒得人睁不开眼。监控画面里，水泥地甚至在反光。街道空旷，没有人注意到，甜甜流着眼泪在街头奔跑。

根据小区的监控视频，技术处图像侦查大队发现了秃头男人的轨迹。猥亵甜甜那天，男人离开小区时，他的电瓶车上多出一个白色塑钢窗，他沿着纬四路直行，消失在路的尽头。

纬四路很短，前后只有一千米，有两个小卖部，一家摩配行，几个脏摊。路的尽头是一片棚户区，是煤矿和配套的机械厂的家属院，厂子早就倒闭了，棚户区也面临拆迁。这里仿佛是一潭死水，散乱地排列着摇摇欲坠的二层小楼和破败不堪的平房小院。这里很少有偷窃案发生，因为实在没什么值得偷的东西。犯事的人也不会躲在这里，如果要抓人，我们都不用破门，低矮的院墙一翻就过去了。

我一年要来这里几趟，主要是处理留守老人的死亡事件。从里面抬出来的，可能是独居酗酒的男人，也可能是慢慢病死的老人。好多时候，尸体放了很久才会被人发现，有一次我去帮忙收尸，发现死者只剩一具白骨了。

棚户区里有一片廉租房小区，里面配备了停放电瓶车的停车房。我绕着回字形的廉租小区兜了两圈，没发现那辆半新的红色电瓶车。我想到男人车上多出来的塑钢窗，找小区内的门窗店询问是否有人家窗户被盗。店主说小区内没有失窃事件，男人车上的其实是个纱窗，一般装在室内，不值什么钱。

到处都找不到线索，我让一个同事在小区后门借了一套

149

保安服，扮保安守着秃头男人；同时让另一位同事，骑着所里一辆无人认领的失窃摩托车，穿着油腻的迷彩服，带上一顶黄头盔，假扮摩的司机，去纬四路中段观察。

和同事去附近一家摩配店歇脚时，我顺手把手机上保存的监控截图递给店老板看。

老板的女儿小胖妞刚放学回家，她放下书包，伏在老板宽大的后背上凑热闹，突然叫道："这个爷爷上个月还抱过我呢！"

一个月前，也是下午1点前后，小胖妞去上学，在纬四路上碰到这个"爷爷"。他从左侧搂住了小胖妞的肩膀，环过来的手臂摸向她胸口："小姑娘，这附近哪里有厕所啊？"

小胖妞一抬头，看见"爷爷"的秃头。她挣扎了一下，没有脱身，左肘用力往后一顶，男人吃痛，放开了。

老板愣了一下，立马就急了："你咋不跟爸爸说呢！"

案件没有任何进展，却又出现了一个受害人。

向副所长老张汇报时，我把从小区物业调取的监控录像截图贴在白板上。张所看着截图沉思了一会儿，转身离开会议室。回来时，他手里拿着一本黄皮卷宗，边缘已经卷页了，封面上写着：陈静被侵犯隐私案。

2014年春天，市中医院的女医生陈静来报案。下午2点多，她上厕所时总觉得哪里不对劲，却说不上来。在用卫生纸时她低了一下头，隔板下方的缝隙里露出了一双小眼睛。

陈静尖叫着提起裤子，与此同时，旁边隔间的门被直接撞开，那人冲出了厕所。张所调了走廊的监控录像，发现一个秃头男人在中午12点进入女厕所，直到下午2点多才逃命似的飞奔而出。

张所查看了过去三十天的监控录像，秃头男人至少在二十天里，频繁出没于医院各个楼层的女厕所。很多人反映经常在医院看到他，但没人清楚他是哪个科室的病人。

医院加强了巡逻，女医生、女护士们开始结伴上厕所，来到厕所首先要看一下隔壁有没有陌生人。

那时候的监控覆盖率还比较低，张所成了医院保卫科的常客，每天中午他都要抽出两小时蹲守。守了一个月，除了这个男人的秃头和绿豆眼，再没发现其他线索。

张所判断这人"惊了"，跑这么快，还是撞门跑的，必然是个屎货。他坚信当年自己没抓住的偷窥者，和猥亵案的嫌疑人是同一个。

张所希望联系小学校长，核实案件的时候顺便让校长找学生们指认。他觉得线索已经比较明显了，现在迟迟抓不到人，需要挖掘新线索。

我担心这样会引起恐慌。辖区里就这么几万人，调查一旦扩大，难免会传出各种风言风语。当年医院女厕所里发现偷窥者以后，医生、护士见到张所就问人抓没抓到，张所压力不小。因为气氛紧张，嫌疑人也变得更精了。

更糟糕的一种结果是，嫌疑人可能因为受到刺激，做出更极端的事情。去年就有一个十四岁的女孩被人开车带到了山上，两人在争斗的过程中，嫌疑人从猥亵强奸转为杀人。我们到现场时，车里满是抓痕和鲜血。

张所找了这个秃头男人四年，现在他又现身了。张所拿上监控录像的截图，坐上所里的老帕萨特轿车，准备去学校亲自寻找线索。我赶紧站到车前拦着。

"你想抗命吗?！"张所生气了。

"我就是要抗命，我觉得你做得不对！"我和张所在派出所门口吵了起来。

真要拿着截图让学生们指认，那个秃头屄货肯定又会"惊"了。到时候人抓不到，一堆家长跑到派出所来要人，事情就麻烦了。为避免引发恐慌，我认为在锁定嫌疑人身份之前不应该太过高调地调查。

虽然我们早就嘱咐学校老师，千万别泄露猥亵案件的情况，以免打草惊蛇或者引起家长们的过分恐慌。但传言哪里控制得住，原本放学时门口只有稀稀拉拉的几个接孩子的家长，在案发的第二天之后，学校门口天天水泄不通。

最后我们一致认为在锁定嫌疑人身份之前，不应该太过高调地调查，这样太容易暴露我们的调查行动。

但结果出乎我们意料，更多受害者逐渐被发现。

2017年2月的一个下午，天气尚冷。和甜甜同一个学校的双胞胎姐妹走在上学的路上。一个穿黑色大衣的男人从姐妹俩身后赶了上来，没走几步，他突然转过身，拦住了姐妹俩。他解开扣子，敞开大衣，一瞬间裤子从腰部滑落到了膝盖。姐妹俩被吓坏了，立马往学校跑。很长一段时间里，她们都没有提起这件事。家长只是突然发现女儿们总缠着大人要求接送。她们现在只记得，男人有个亮光光的脑门。

调查期间，我在民政局碰到了值班的周姐，她是我同事的妻子。周姐见到我就问："听说你们在找一个变态，能给我认认不？"

我把手机递过去，周姐看了一会儿，摇了摇头："看着特眼熟。"

回所里没多久，我接到周姐的回复：秃头男人也骚扰过她。

2017年11月，下午5点多，天刚擦黑，周姐刚走出区政府大门没多远。她回家的路线是一条直线，路上没什么人，她一边走一边注视着金黄色的梧桐树叶。前方十来米处，迎面过来一个中年男人，半秃的脑袋，小眼睛，穿一身正装，看上去和周姐一样，像刚下班的公务员。两人错身而过，男人快速伸出右手，在周姐屁股上重重掐了一把。周姐又羞又恼，回头找人的时候，男人已经快步走出老远，周姐眼睁睁地看着他用同样的手段，又骚扰了一个提着菜篮子的女人。

周姐本来想大叫"抓流氓"，但这里离单位很近，她觉得有些不好意思。那个提菜篮子的女人反应很快，刚被骚扰就立刻破口大骂，骂声响彻整条马路。男人撒腿逃跑了。

派出所会议室的白板上，除了监控录像截图，又多了几行字，是嫌疑人的侧写分析信息。

年龄：四十五至六十岁。

穿着：有一定经济条件。

作案时间：多数在中午。

神态：似饮酒（由骑车摇晃判断）。

职业：无业。

出行工具：电瓶车。

活动范围：廉租小区，铁南社区，新建社区，不超过方圆十千米。

相同年龄段：六千余人。

例会上，四个警组的人坐在一起讨论，不少同事都有儿女，心里憋着气。

有人拿来一张男人的照片，这人住在棚户区，有强奸前科，放出来后又两次嫖娼，但是只有四十来岁，太年轻了；一个管户籍的女民警说她家附近有个老头，没事经常说一些下流话，我们看了看身份证照片，又太老了；三警组老黄给我提供了一个有前科的男同性恋的资料，我一看，太扯了，更不符合。

我拿着截图，叫上搭档来办公室，准备用整个下午的时间来人工比对犯罪嫌疑人的照片。我从警务系统中下载了辖区内符合年龄和性别条件的六千多张照片，准备了几包槟榔。我们仨一人一台电脑，每人比对两千多张。电脑上一页显示二十来张照片，每人要翻看上百个页面。

槟榔嚼了一块又一块，我们汗流浃背地盯着电脑屏幕，眼睛干涩、生疼。

"我×，你们看这人是不？"

"像，真像！"

"你俩瞎啦？这是宋老板！"

我们眼睛疲劳，记忆力也出了问题，觉得这个也像，那个也像。又坚持看了一个多小时，所长进来了，递给我一张《呈请技术侦查审批表》："填好了交给市局，那边我打过招呼了，给我们优先做人相比对。"

我叹了口气，开始填表。上一次申请技术侦查还是因为一个贩毒案件，等审批的时间太长，一般得一个月。而那个秃头男人，就生活在我们身边，整天骑着红色电瓶车四处游荡，随时对路人出手，如果他越来越大胆，可能就不只是猥亵、偷窥案了。

傍晚，派出所食堂。这里是我们的"第二案件研讨室"。食堂大师傅煮着面条，倚在操作台边给我们出主意："这人既然骑电瓶车作案，那活动范围肯定不大，努把力，有戏。"

"侧写后涉及的地域多大？"我突然灵光一闪。

"方圆不超过十千米。"

"这个老寡男肯定要吃饭。师傅，你天天买菜去哪个菜市场？"

"这附近就一个菜市场啊。"

第二天早上7点多，我和两个同事穿上便衣，扮成来菜市场买菜的人，混入了熙熙攘攘的人群。

菜市场面积不大，长条形，左右两排台子，中间一条过道，除了两端没有其他出口。在这种接近密闭的空间里，最合适的是"二段式"抓捕——两头和中间各留一人，三人可互相观测到位置和距离。一旦目标出现，两头直接堵。

我们仨融入买菜的人群中，通过眼神和微信群交流，差一刻8点时，我手机响了："目标，红车，进菜场，衣同监，靠拢。"

同事的意思是：目标从我这边出现，进入了菜市场，推一辆红色电瓶车，衣着和作案那天监控录像中的一样，我们马上从两头靠拢。

那个秃头男人正在蚕豆摊前挑菜，电瓶车停在他身后。一个同事走到摊前，站在他身旁假装要买蚕豆，从侧面确认嫌疑人。确认没错后，他朝我点了一下头，用余光观察我和男人之间的距离。到了仅有一臂长时，他把手里的蚕豆一放，抓住了男人的右手，并向后折他的胳膊。几乎同时，我也以同样的动作抓住他的左手。男人轻微抬了一下胳膊，就放弃了反抗。

我掏出警官证。另一个同事拔下红色电瓶车的钥匙，掏出手铐，给他上了背铐。男人浑身瘫软，走路的脚步有些踉跄，被我们架着离开菜市场。

"警察办案！一个扒手而已，都别拍了啊！"菜市场的人流随着我们的前进自动分开。同事骑着男人的红色电瓶车紧随其后。

一进派出所大门，秃头男人就开始哭，不停地说"给我个机会"。搜过身，进入拘留室后，他除了哭，没说过其他话，任由我们把他按在审讯椅上，固定住手脚。

秃头男人的身份很快被核实了。他叫余涛，五十五岁，离异，国企员工。2015年，厂子倒闭，余涛接受了工厂一次性买断工龄的补偿后退休，住在纬四路尽头的棚户区。

余涛之前工作的厂子是矿业集团旗下的新庄矿，从二十世纪五十年代建矿以来，这里一直是全区最大的工业企业，巅峰时期有多达两万工人，还拥有十多家配套生产企业。随着煤炭资源逐渐枯竭，传统的煤钢产业走向没落。2017年，工厂关闭之后，留下一大批下岗工人。破落的厂房只剩断壁残垣，墙皮剥落，像风烛残年的老人。

余涛每天的生活轨迹很固定。每天早晨起来后，他往腋下夹一个皮包，里边装一沓数额不菲的钱，手机塞进皮套别到皮带上，打扮得有模有样，骑红色电瓶车去菜市场买菜。他把菜拎回家，做好饭，再到市二医院照顾九十岁的父亲，中午回家喝点酒再出门游荡。

从监控录像中，我们掌握了他游荡的路线。他习惯先到市中医院里转一圈，如果医院里没有"目标"，就再到附近的学校周边转转，最后经过甜甜家的小区。四年来，他总是按着这条路线游荡，全长不超过五千米。他偶尔出手骚扰成年女性，甚至猥亵未成年人。

我先问他，以前犯过事吗？因为《刑诉法》规定，五年内重新犯罪要从重处理，嫌疑人是否有前科是我们首先要侦查的。

余涛只说"以前当领导的时候，犯了点小错误"，就再不开口了。说话的时候，他被审讯椅箍住的双腿在微微抖动。

我们从法院调来的资料显示，余涛曾被判有期徒刑一年，缓刑一年。

1990年，二十七岁的余涛当上了车间副主任。那年，他和妻子刚有了女儿，仅靠他一人的工资，日子过得紧紧巴巴。车间副主任每月要填写生产计划报表，车间按需领取生产零件，多出的零件就放在仓库里落灰，只有偶尔缺件了才会被人想起，并随意提走。余涛曾通过虚报生产计划，私自销售多余的零件，而非法获利四千元。他返还了赃款，求领导网开一面，保住了工作，但从干部变成了普通工人。原来手下的工人都不喊他"余主任"了。他适应不了，生活中只剩油腻的车床、车不完的零件、时不时扎到手的金属毛刺，还有工人们的取笑："领导，你会不会干活啊？"

坐在审讯椅上，余涛连了几声"太丢人了"。

妻子对他愈发冷漠，余涛后来发现自己阳痿了。"我最后的温暖也没了，回家……就好像我是一团空气。"

2001年，余涛离婚，女儿跟了妻子，他得到了棚户区的平房。"离婚后我好像一下解放了似的。"余涛说。

余涛交代前科时，同事推门探头说："通知受害人了，准备做辨认笔录吧。"

我斜眼看了看余涛，他低着头，腿抖动的幅度又大了些。他喘了一口粗气，用十分明显的口鼻腔共鸣，突然就是一嗓子："我造孽啊！你说我这人，本来好好的，怎么就混成了这样！"紧接着他扭曲的表情一滞："会怎么处理？"

我知道余涛是在做试探，辨认迟迟没来，他可能以为我们在诈他。

"那就要看你的表现了，肯定要拘留了，现在争取个好态度。"

"拘留多少天，多久放出来？"老余不大的眼睛一亮。

"得看领导的批示。"

同事笑眯眯地看着我，我知道他想说"你够阴的"。

2015年，《刑法修正案（九）》中单列了一条"猥亵儿童罪"，甜甜、小胖妞、双胞胎姐妹，加上陈静医生、计生办周姐的笔录，余涛足够刑拘了。我也没说错，"拘几天放出来"的前提得是检察院不批捕。

余涛的腿不再颤抖，这不是个好信号。我马上给群里发微信："问完辨认笔录迅速上传，急需阅卷，这边'堵'了。"

审讯室外，受害人们先后在印着余涛头像的辨认笔录上签了字。在辖区里游荡了四年的秃头中年男人就是他，四个受害者不可能同时认错人。我在审讯室里看到刚在系统中上传好的六份笔录，心里有底了。

这时，余涛开始了表演。

他说自己那天中午喝了点酒，因为尿急，在小区里找不到厕所，就拉着路过的甜甜说："爷爷要上厕所，你给我看着别来人好不好。"

张所进来了，听见那句"上厕所"，忍不住要骂人，我赶紧给他使眼色。我俩走出讯问室，张所提醒我："一共有六份辨认笔录，零口供也能办了他，但尽量不要这么做。"

我找搭档扮黑脸，搭档走进审讯室，嫌我审讯慢，抱怨道："哎呀，你拉磨呢！"

他围着余涛的铁椅子走了一圈，点亮手机看时间，屏幕上是他和闺女的合影，角度刚好能让余涛瞅见。他长长叹了口气，这是商定好的信号。紧接着，他喘着粗气，双眼圆瞪，脸几乎贴到余涛脸上，怒吼："你他妈是人吗！"

我赶紧上前，把他强拉出讯问室。

"你别他妈拉我，我要打死他……"接着门外传来"你他妈冷静点！"的制止声。在异常安静的讯问室里，刺耳的嘶吼叫骂得一清二楚。

余涛的额头被汗水覆盖。

"老余，派出所门口现在全是找你讨公道的学生家长。"

余涛脑门的汗滴了下来，即使开着空调，冷风也不能阻止豆大的汗珠滚落到老余的眼睛里，他想要抬手擦，可手正被审讯椅紧紧地箍住。

同事拿着一张纸进来坐下，说："拘留证办下来了，局长亲自批的。你今天说或不说都得进去了，留给你交代的时间不多了。"

"我能请求两件事吗？"余涛要交代了。

余涛要求，告诉和他搭伙过日子的女人，自己是因为盗窃被捕的；他还不想被当面指认，进审讯室的时候，他注意到了隔壁就是辨认室。

"警官，你能了解我那种痛苦吗？"余涛变得健谈起来，憋了这么久，第一个倾诉对象竟然是审讯他的民警。

一年夏天，被阳痿折磨得够呛的余涛终于去了中医院看病，他在挂号处徘徊了半天，始终没有下定决心去挂男科。他认为自己是个领导，不该像现在这样妻离子散，独身看男科病。他去厕所洗脸，想冷静一下。在厕所附近，他看见了穿着短袖白大褂的女医生。

他在医院的长椅上坐了半天，直到中午，看着就诊的人逐渐散去。女厕貌似没人了，他做贼一样闪身进了女厕所，蹲在厕所的隔间里，拧上了门。余涛当时异常兴奋，持续了没多久，他从门缝看到一个女医生有说有笑地打着电话，蹲在了自己隔壁……

后来的两年，他经常去医院的女厕所，一般选择检验科和行政中心所在的楼层，因为那里的女医生多。他躲在女厕所里，一蹲就是几个小时。再后来，在女厕偷窥也无法满足余涛的变态心理，他的行为愈发不受控制。

"你怎么天天都穿着衬衣西裤呢？习惯？"

"也不是，这样穿让我心里觉得，自己还像个领导。"

我问余涛怎么不去嫖。他笑了："我怎么能干这种事情？"余涛想，即使去嫖娼发泄，也会受到小姐的嘲笑。之后他又补了一句："我好歹也是……"我猜，他咽回去的话，是"当领导的人"。

我反问他："你不能干这种事情，就能猥亵儿童吗?!"

余涛不敢说话了。

进了看守所，余涛和狱友聊天后才意识到猥亵儿童是重罪。他觉得自己这么痛快地认罪"太亏了"，就以刑讯逼供的名义，写了份检举材料。

5月25日，检察院的人来派出所调查核实情况，我提供了全部的询问录像。检察院的人笑了："就知道那家伙是胡扯的。"

余涛除了一个在外地工作的哥哥和躺在医院的父亲，没有其他家人。我只好通知他前妻来签刑拘证。

余涛的前妻和他离婚十七年了，那天母女俩一起来到派出所。前妻说："这个人不行，当年就因为'低级错误'被开了。"她评价余涛在外面一个样，在家一个样，是个"双面人"。女儿坐在妈妈旁边，表示没什么可说的。签完字，母女俩扭头就走了。

和余涛搭伙过日子的女人也来了。我告诉她余涛涉嫌猥亵儿童时，女人笑了。我把刑拘证给她看，她沉默了半天，她对余涛的评价跟前妻高度一致。

第二天，余涛的同居女人又来了。她旁敲侧击地问余涛，他的个人物品放在哪个地方，尤其是退休金。她不太关心余涛能不能出来。

余涛被捕的那天晚上，因为一直惦记着他在甜甜家小区里拿走的塑钢窗，我就去了他在棚户区的家。

棚户区环境恶劣，全是地下水沟，夏天臭得要死，大部分人都迁走或申请廉租房去了。余涛家左右的老邻居早被儿女接到市区生活了。

他家院子里开辟了两块地种菜，其余地方全是杂草。屋里破败，桌子上摆着剩饭剩菜、酒瓶子，旧电视旁的影碟机上放着一张碟片，印着一个裸女和"最新日本AV"的字样。那个被门窗店主说不值钱的塑钢窗，就摆在客厅一个坏了的窗户旁。

我问他："那次作案结束之后，怎么车上还多了塑钢窗？"

余涛说："啊，那是我在路边捡的，觉得也许家里用得着。"

去余涛家勘验前，我嘱咐和他搭伙过日子的女人，家里的东西先别动。后来我得知，自从女人打听完余涛的财产，她就再也没回过那个家了。

余涛进监狱之后，还是没有停止自己的表演。他被判了两年半，几乎每个月都会给驻监狱的监察部门寄去申诉材料，内容无非是他在公安局遭遇了刑讯逼供以及恐吓。

"你们怎么看？"我曾试探着问检察官。

检察官说，这种花案犯（指性犯罪者），在监狱里挺被人瞧不起的，但是余涛还总在里面端着架子，说自己当过领导，不是这样的人，稀里糊涂喝多后就成了猥亵犯，再被警察一吓唬就交代了。

"他天天一笔一画写申诉材料，好像真有冤屈似的，谎话说一千遍后，自己都信了。"检察官说完都乐了。

在这个南方小城，余涛曾经是活得很体面的人。二十七岁当上国企车间主任，家庭美满。偏偏意外出现了。此后三十年，他的生活每况愈下。

余涛的问题不是运气太差，而是每次出岔子时，习惯于为自己开脱。他把贪污说成"小错误"，还在看守所诬陷警官"刑讯逼供"，试图否认罪行。

余涛没有意识到，把他推向深渊的人，就是他自己。

贪污事件后，余涛还能当工人，每月领三千元退休金。但他忘不了当领导时的"身份感"，他认为自己憋屈，用一种最错误的发泄方式，又一次打碎了自己的生活。棚户区里的多数人都搬走了，剩下很多生活垃圾。余涛把自己也活成了没人要的垃圾，像那个捡来的塑钢窗。

生活可能是潭死水，但从水中挣扎起身的人，往往靠的是对自己的审视和规诫。

小偷父亲

我从来没想到，刑警队大院居然被贼给闯了。

2015年12月30日，早上天刚亮，我值完夜班，意外地发现自己停在楼下的自行车不见了。刑警队门口的灯亮着，铁门半开，我想，也许是哪个同事临时有事骑走了我的车。上午例会结束，我问大家："早上谁借我的自行车了？"同事都说没有。我觉得蹊跷。同事都觉得搞笑："难道刑警队还能进小偷？你自己记错了吧？"

我们刑警队位于闹市区的商业街，这里白天很繁华，但晚上10点之后基本少有行人。天黑以后，刑警队门头灯的亮光斜斜洒在门口四个蓝字"刑事警察"上，很是威严。为了方便报案人夜间进出，刑警队会给大铁门留条一人宽的门缝。院子的监控显示，昨天下午下班时，我的那辆红色的凤凰山地车还在车棚里。画面快进到晚上9点多，一个穿红色冲锋衣的人出现了。这个胖乎乎的男人从门缝里挤了进来，像鸭子一样左摇右晃地走到车棚边。他推起我的自行车，笨

169

拙地挤开铁门，往大街上去了。

看过监控，杨探长说这人他认识，叫牛军，是商业街上"非常有个性"的惯偷。说他有个性，是因为牛军贵的不偷，只偷自行车。不少居民的自行车临时停在超市门口或放在楼下，一转眼就被牛军偷得无影无踪。

就算抓住，自行车也早被牛军换成了钱，买散酒了。一般的自行车只值几百到一千元，抓住也只能按治安拘留处置，最多不过十五日。而受害人只能拿到一张A4纸——牛军的《行政处罚决定书》。不少分局警察的亲戚朋友都被牛军偷过，派出所甚至有个笑话：你要是被牛军盯上，就只能走着回家了。

有一阵子，牛军偷得太凶，不少群众闹到了派出所，愤怒地指着所长大骂："警察是干什么吃的？"所长也有苦难言：打又不能打，罚款吧，他又是个穷光蛋。除了治安拘留、批评教育，派出所还能怎么办？所长赔着笑脸，送走受害人们，恨恨地说："要是以前，对于这种惯偷，偷一辆车劳教一年，偷两辆劳教两年……哪能轮得到他嚣张。"

我在电脑上开始查牛军的情况。他有好几十次偷自行车的前科了，最早一次是在2006年。2013年之后，每隔几个月他就会被处理一次。

他偷我们刑警队也不是第一次。有一年冬天特别冷，刑警队的值班室空无一人，喝得醉醺醺的牛军从大铁门的门缝挤进来，把挂在墙上的液晶电视偷走了。杨探长气急败坏地找到牛军时，他正在医院放射科的长椅上睡大觉，电视机就放在旁边。没想到这次，他居然敢再来刑警队偷东西。

"那还不抓他！"我脱口而出。大家都像看外星人一样望着我。

杨探长给我这个刚来刑警队的新人解释。牛军家就在矿南村，离我们刑警队仅仅几十米。矿南村是一大片杂乱无章、高高矮矮的平房，由于房子普遍年久失修，早已划入棚户区改造工程，居民大都搬离了，如今一片废墟，只剩几家钉子户。

那他住哪儿呢？

"牛军喝多了，就躺在医院放射科或太平间的长椅上睡觉，抓他忒容易。"杨探长说。

那是一家破旧的公立医院，也是牛军的"常驻地"。每天，医生、护士们上上下下地忙，也没人赶他。

但这天，我们没在放射科或太平间找到他。走回刑警队，却遇见几个哥们正押着牛军走到刑警队大门口。

刑警队王队长看完监控就判断牛军可能不在医院，他给附近的线人们打了一圈电话，最后在菜市场后面的露天花坛边抓到了正在睡觉的牛军。

我总算亲眼见到了这个惯偷。牛军穿的红色冲锋衣鼓鼓囊囊的，已经脏得不像样子。他被按着头、背铐着押进了刑警队大院。刑警队大院门口，早起上班的人脚步匆匆，摆摊的、开店的街坊也忙开了，牛军经常被扭送进公安局，大家已经见怪不怪，没人围观。

牛军被带进相对封闭的办公室，一股臭气立马弥散开来，大家纷纷掩鼻后退。他一头花白头发乱糟糟的，因为常年酗酒，肚子变大，酒糟鼻子和脸蛋红得特别显眼。他醉醺醺地瘫在办公室长椅上，一副没睡醒的样子，根本没法回答问题。

我们没打算拘留牛军，只想尽快追回车。办案、体检、开车送拘留所，一套流程走下来，花的钱会比我买辆新自行车还贵得多。况且，拘留所对牛军来说，简直就是家常便饭。

我们给他准备了几条冷水毛巾擦脸醒酒，牛军稍微清醒了，面对我们四五个表情有些恶狠的刑警，他支支吾吾半天，也没说出一个字。他伸手从口袋里摸出烟，杨探长一把将烟打落在地，脸色更难看了。

"车被我卖去李村的废品回收站了，二百块钱。"牛军终于说出了自行车的下落。

我们把牛军带上队里那辆破普桑，一路开往那家回收站。回收站的老板正在家门口刷牙，听完我们的来意之后，否认昨天收过自行车。

他拿出账本说："我们这儿没一家敢不登记就收来历不明的车，那叫掩饰、隐瞒犯罪所得啊。"

我们几个被牛军给耍了。几个同事都快忍不住满肚子的火，但又硬是把这股气憋到肚子里。

杨探长都被气笑了："这家伙不仅对'物理攻击'免

疫，还能对我们造成'魔法伤害'。"

一辆自行车不值多少钱，我自嘲"扶贫"了。天快黑了，我准备放牛军走。牛军临走前说了一句："等我的低保钱下来，保证赔给警官你一辆新车！"

"不赔也没关系，我去找你儿子要，我知道他在哪儿上学。"杨探长开玩笑似的说。

牛军浑身一抖，突然变得非常激动："那不行！警官，你相信我！我指定赔！"

我看过牛军之前的讯问录像，他有些特别——交代作案时他说话有气无力，可一旦民警提到"你卖车的钱是不是转给你儿子了？"他的态度就会立马变得激动。他不断强调："我给儿子的钱全是自己的低保，全是干净钱！"

后来，我遇到牛军所在社区的分管民警老张才知道，在十几年前，牛军是我们辖区里的"菜老板"，垄断了全区的生鲜、蔬菜交易市场，名下还有好几辆跑运输的大货车。

知道牛军故事的人并不多，和他认识了二十年的民警老张算一个。"他压根就没有老板的架子，"老张说，"当时我夜里去货场出警，几乎每次都能看到牛军。他穿得脏兮兮的，和工人一起忙上忙下。"老张直叹气，说造化弄人。2000年，牛军的妻子突然失踪，他停下生意，登上南下的火车找妻子。离开本地后，牛军就杳无音信。一年后他回来了，再也不是菜老板，而是几乎和乞丐一样了。

"老天夺走你一样东西，往往也会赐给你别的。"民警老张突然冒出这句话。

他指的是牛军的儿子牛小柏。牛小柏十分争气，他从上学以来，成绩就非常优秀。2015年中考，他以全市第一的成绩考进了市一中，并获得了全额奖学金。

"从那之后，牛军开始出入银行。"每个月五百来块的低保，他有一部分寄给了儿子。

"这爷俩挺不容易，他们相依为命了这么多年……"我感慨道。

"不，牛小柏挺恨他爸的。"老张马上否认了我的想法。

牛小柏从小就是个"穿百家衣，吃百家饭"的孩子。他先靠爷爷奶奶照顾，之后又靠四邻接济，领学校补助，才能坚持上学。这孩子瘦弱，常年就穿一套洗得发白的校服。他和父亲长得很像，父子俩却常年不说话，也不见面。牛小柏和爷爷奶奶一起住的时候，每天上学都绕着父亲常出现的街区走。他知道，父亲不是在喝酒，就是醉倒在医院的长椅上。

牛小柏读小学的时候，老师和同学们就都知道他有个酒鬼父亲了。老师心疼他，对他照顾；可同学们还小，不懂事，总有出口伤人的事，牛小柏在学校的人际关系差极了。牛小柏没有办法，因为父亲还是供他念书的。

牛军偷车这件事，民警老张一直都瞒着他儿子，他尽可能地去找牛军七八十岁的老娘签拘留通知书。

可前几年的时候，这件事还是没兜住。其他办案单位抓住了偷盗的牛军，根据公安机关办理行政、刑事案件规定，传唤、传唤地址和拘留必须通知家属，他们担心老人年纪大，容易出事，就只能把案情和前科统统告知了直系亲属牛小柏。从这以后，这对父子决裂了。

牛军家每隔十天半个月，就会收到拘留通知书。一开始民警找牛小柏签字，孩子总是婉拒，到后来他干脆连电话都不接了。

老张还记得，2014年他和牛小柏见面时候的情景。当时，老张打算把孩子带回办公室，安慰他几句，等孩子情绪好点，把拘留的字签了，再送他回学校。可牛小柏进了派出所，就不说话了。他揪着自己的衣角，盯着老张，眼里全是不信任和距离感，眼神就像一个嫌疑人在挑衅一般。

"像浑身有刺一样，"老张感叹说，"哪里像个十多岁的孩子该有的样子？"

他只能把准备好的一番说辞憋回去，牛小柏草草签完字，就走了。

牛小柏初三那年，他对民警老张说："你别再找我了，我没这个爸。"

老张听了心酸，他知道牛军患有严重的酒精成瘾症，一度想把牛军送去精神病医院。可长期住院的花费不菲，就是有政府救助资金也难以承担，他不得不放弃。

牛军的母亲是我们这里的老菜农，她在菜市场卖了几十年的蔬菜。牛军自打记事起，就在菜市场里做帮手。1998年，十九岁的牛军结婚了。说起牛军的婚姻，老张用"赌气"两个字概括了。

牛军的老婆在婚前就有一个自由恋爱的对象，对方是个不折不扣的混混，被派出所处理过很多次。女方劝诫多次无果，家里又极度反对，于是她心一横，赌气嫁给了老实巴交卖菜的牛军。

牛军向往着美好的生活，他想赌一把。老婆怀孕后，他拿着家里给的一笔钱，买了两辆破卡车，跑起了运输。他早先一步就察觉到蔬菜大镇的潜力，抱着试试看的态度，他从本地批发大量蔬菜，然后再运到市区卖给菜贩，从中赚取差价。他性格豪爽，人也不错，很快，牛军就赚到了人生的第一桶金。

2000年初，儿子出生，牛军的小日子也越来越有奔头。可他没想到，后院起火了。那年春节是赚钱的黄金时期，牛军一心扑在生意上。春节一过，下起了大雪，他破例在家休息。那天，妻子起得特别早，说要去买早饭。她推着门口的自行车出门，就一直没再回来。

牛军找不到人，只好报警。警情是老张接的。老张还记得牛军当时说不清妻子失踪的原因，他表示很难查。可看着心急如焚的牛军和他嗷嗷待哺的儿子，老张不忍心，就开始托私人关系找。最后，老张在铁路系统的战友查出牛军的妻子去了浙江某地。

牛军去问岳父母。岳父母本来想隐瞒真相，但看着牛军和孩子太可怜，才说出了实情。牛军妻子的前男友跑去南方"混社会"混出了点名堂，婚后，他们一直还保持着联系。牛军忙于生意，冷落了家庭，他根本没注意到，哪怕是怀了孕，妻子也打定主意要离开——生下孩子给老人带，之后就和情人私奔。牛军的妻子追求幸福去了。她换掉所有的联系方式，给父母报了平安之后，就再没联系过其他人。

"牛军知道了这个消息，简直像灵魂出了窍，整个人都傻了。"老张说。

牛军决心南下去寻妻："孩子还小，不能没有妈。"

"他对生意也不那么上心了，经常后悔自己过去没有照顾好家庭。"老张说，"当时我劝过他，没用。这人认死理，非要去找老婆问清楚。你说他好不容易发了财，儿子还小，从头开始不好吗？"

牛军年轻气盛，可理性的老张为他考虑了很多。2000年初，南方的黑社会性质犯罪势力已经有一定规模，那个劣迹斑斑的男人在那里混得不错，不是好惹的。老张劝了好几次，依然没效果，只能随他去了。

牛军卖了大货车就去了浙江，他在市场中的位置很快就被人填补了。当年牛军手下的小司机，运用牛军的思路继续经营，经过多年奋斗，如今包下了货场，龙门吊、集装箱一应俱全，蔬果冷链生意甚至做到了海外。

一年后的夏天，老张才再次见到牛军。他从浙江回来之后，大多时间处于失语状态，傻愣愣的。两只眼睛没有神采，裤子口袋里鼓鼓的，装着个矿泉水瓶子，打开一闻，里面是白酒。他开始经常醉倒在路边或者别人的家门口。老张想问他话也非常困难。由于长期酗酒，牛军的语言能力好像有些受损，很难再说出一句完整的话了。

只有在牛军喝得大醉时，老张才能得知一些信息。一年前，牛军去浙江几经打听，才找到妻子和情人的家，是一幢别墅。那个男人在当地的势力很大，牛军人生地不熟，突然出现，被拒之门外。他在别墅外徘徊了好几天，仍然没换回妻子的回心转意。一天晚上，牛军给自己灌了好几瓶酒，然后到别墅门前高声叫骂。过了一会儿，大门开了，牛军被"请"进了屋。后来发生了什么，牛军死活都不说了。

有在浙江做生意的同乡说，牛军被人叫进去毒打了一顿；也有人说，牛军被虐待得受不了刺激变成神经病；更有人说，牛军被那个男人从别墅楼上丢下来，摔成了智力障碍者。真相已经无法知道了，我们只知道牛军是一路乞讨回家的，身上都是大大小小的陈旧性外伤。

医生诊断说牛军是重度酒精依赖者。他不喝酒时，就喊头疼。

老张想帮牛军，可牛军既不说事也不报案。老张没办法，只能帮他办理了低保，还号召辖区的居民帮衬他。一开始，街坊邻居都同情牛军，纷纷去他母亲的菜摊买菜。可2002年，牛军开始偷自行车被治安拘留，大家对他就只有嫌恶了。

"他说自己喝多了，看见路边停着一辆自行车，没上锁，就推走了。喝多了，卖给谁，脑子里也没印象了。"老张说。

从那以后，牛军就经常因为偷自行车被逮。2002年底，因为盗窃前科太多，牛军还被劳教。

牛军每天做的事就是喝酒，然后在医院放射科的长椅上睡觉，如果放射科人多，他就会去太平间外的长椅上。医院的太平间很小，是个独立的小平房，外面一条长椅，周围是郁郁葱葱的花园，是个很隐蔽的地方，牛军就在这里昏昏沉沉地待着。偶尔有人和牛军说话，让他走，牛军也不吱声，眼皮都不抬一下。

老张说，牛军比其他小偷好多了，"很多没良心的小偷专门盗窃病人的救命钱，而牛军一次都没干过"，但他觉得，牛军还不如去劳教，"那儿没有酒喝，还能干点活，比他这么醉生梦死强太多了"。

牛军从公园的长椅睡到医院放射科的长椅，再到太平间的长椅上，他和正常人的生活之间唯一的联系就是牛小柏。

到了2013年，牛军又进入了偷车、拘留、再偷车的死循环中。在牛军进出拘留所的这些年里，牛小柏也在逐渐长大。他和父亲活成了截然相反的样子。

他考上了市一中，成了大家口中"别人家的孩子"。高中班主任李老师还记得第一次见到牛小柏时的情景，牛小柏还穿着初中的校服，说起这些，李老师一直叹气。他的初中班主任主动找到她叮嘱："牛小柏是个好苗子，因为家庭的原因，这孩子过得太苦了，拜托千万要照顾好。"

李老师对牛小柏视若己出。她自己的孩子住校，一周才回家一次，她就把牛小柏接回家，和她的家人吃住在一起。牛小柏知道，自己回报老师最好的方法就是搞好学习。他非常努力，成绩常年保持年级第一，从来没让老师失望过。

李老师说："牛小柏不喜欢别人提父亲，我偶尔提起来，他的脸色马上会变得不自然。"

"李老师，我真想你是我妈妈。"牛小柏曾经对老师说。

2017年夏天的一个早上，我去菜市场买菜。拎着菜往家走，我看见牛军在路边推着一辆翠绿色的自行车，慢吞吞地走着。

他一看就是喝多了，昏昏沉沉，左摇右晃的。那辆自行车，我几乎马上就认定是他刚偷的。我把菜放在一家熟识的早点铺前，想看看牛军去哪儿销赃。我不紧不慢地跟着他，牛军却根本不管沿路密密麻麻的摄像头，也没注意到在不远处窥视的我。

在这条路上有一所小学，正是早上7点多钟，来来往往的都是穿得光鲜亮丽的家长。牛军太显眼了，只有他像个讨饭的。他光着膀子，在太阳底下推着车，慢慢地走着。汗液在他黑乎乎的后背上，画出了一条条的道儿。走了将近一千米,我才发现,牛军是冲着银行去的。

他把自行车停好,从裤子口袋里摸出一个布包,走进银行。他是要给儿子汇钱。我不忍心立马去抓他,就在路边等。透过银行的玻璃,我看见牛军在等候区坐着。十几分钟后,柜台叫号到他了,牛军起身。

我拨通了老张的电话,五分钟后,老张开着所里的那辆普桑来到银行,正好撞见出门的牛军。牛军抬头看见老张,从口袋里掏出烟——是我们这里最便宜的"东海",两块钱一包。他点着一根,再递给老张一根,刚把手伸过去,老张咔嗒一声就把他给铐上了。

"烂泥扶不上墙!"老张嘀咕一句。

2018年初,我听所长说"自行车大盗"牛军要被判进去了。原因是他盗窃了电瓶车。

"他不是只偷自行车吗?"我问老张。

老张表情有些复杂:"这次,牛军也是为了儿子。"

牛小柏还有几个月就要高考了,牛军想去一中看儿子。由于长期的酒精成瘾造成精神障碍,他的思路和正常人不一样,他不是坐车或者打车去,而是偷了移动公司门前的一辆电瓶车。这辆电瓶车的车主去移动公司办业务,想着一会儿出来,就没锁车,他出来的时候,电瓶车不见了。派出所接到报案,通过监控一看,小偷就是牛军。老张开车一路追,到了一中附近。

牛军晃晃悠悠地骑了十几千米，终于赶上了学校中午放学。老张把车停在马路对面，想等牛军看完儿子再抓他。牛军脏兮兮的，门卫不让他进，他只能在学校门口等。可学生散尽，牛小柏依然没出现。等不到儿子，牛军打算骑车回去。这时，他被老张抓了。

电瓶车的市值估价两千七百元，牛军被刑事拘留。刑事拘留要通知直系亲属的，这次由不得牛小柏不签字了，老张带着《拘留通知书》找到牛小柏的班主任李老师。李老师说："其实那天小柏知道他爸来了，他坐我的车出的学校。"

那天，牛小柏一眼就在人流中看到牛军，可他不想见父亲，于是回头找班主任李老师，坐上老师的车出了校门。李老师是个胖胖的中年妇女，她说这些的时候，眉头拧成一团。老张把那张《拘留通知书》交给了李老师，请她在合适的时候让牛小柏签了。

2018年6月，牛小柏参加了高考，后来成了全市理科状元。在这之前，他的父亲牛军因盗窃被判刑一年六个月。

牛小柏没和李老师商量，提前批次报了军校。负责政审的军官到户籍地调查牛小柏的家庭背景，负责接待的是老张。通常，人口卷宗是一个黄皮封面，里面薄薄的几页纸。而牛军的"履历"却需要用一个文件盒来装。政审的军官看了看牛小柏的高考成绩，又看了看牛军的判决书，说："可惜了，这么好的一棵苗子。"

牛小柏上军校的梦想破灭了，最后他去了北京一所"985"大学。

李老师送牛小柏去北京上学，临走前，牛小柏把一张银行卡交给李老师，让她转交给派出所的张警官。里面有近一万块钱，牛小柏一分都没动。这都是近两三年来，牛军每个月往里打的钱。

我曾经问过老张，牛军为什么总是偷自行车？

老张说，大约是十多年前他老婆骗他说去买早饭，推车出门，再也没回来过吧。

房

医保刷卡

裸照风波

2019年盛夏，风华园小区，凌晨3点。一个黑影从茂密的小区树林里探出半个身子，多次向周围张望。那样子很滑稽，就像菜市场水盆里养着的甲鱼，没有顾客经过的时候，才敢伸头向周围看一看。

　　他到底从树林里走了出来，坐在四十号楼门前，亮了一下手机屏幕，然后熄屏。透过单元门头灯，我清楚地看见他手里拿了一个垃圾袋。我和同事已经在车里躲了大半夜。我们不敢亮起屏幕玩手机，也不敢聊天。看着那个男人的身影消失在楼门口，我们准备下车堵他。

　　"啪嗒！"车门打开的声音在寂静的夜里异常清晰。

　　糟糕！男人听到了。眨眼的工夫，他从楼道蹿出，撞开密密层层的灌木，跑向小区后门。我也蹿了出去，他被吓得够呛，直接钻进了废弃的化工厂。

　　我把两位老警察甩在身后，摸黑狂奔于老旧的居民楼间，跟进化工厂园区深一脚浅一脚地搜寻，眼看着前方的黑影越来越模糊，难以捕捉。我不敢开手电，也不敢和同事说话，担心他判断出我的位置，彻底隐匿了踪迹。

执行这次任务前，邓所长还问过我要不要带上夜视仪，我自信能在楼道里堵住嫌疑人，现在却误了事。迷失在夜色中，我疲惫地奔跑着，心里特别后悔。

终于，前方出现一点亮光，黑影闯进了另一个小区，被我们跟丢了。

这个"黑影"名叫孙龙，这是几天来我第一次和他正面交锋。我不愿放弃，和同事逐一搜索居民楼。

这是个老小区，都是八层且没电梯的旧楼。爬到第三栋楼的第四层，我放弃了。经过长时间的奔跑，又爬了三栋楼，我实在是累得站不起来。这时就算发现孙龙，也没力气控制住他了。

凌晨4点30分，我和两位老警察会合，准备回所里商量怎么抓人。落在后面的老辅警摇了摇头说："我们见到孙龙前，他已经在四周活动了。附近都是他撒的照片。"

我们返回追捕的起点。月光下，每隔几米就能发现一张泛着白光的照片，它们被撒在路面上，贴在墙上。我们三个人打着手电照向巷子和楼道里，见到差不多大小的纸片就捡起来。每张照片上都有同一个女人，摆着亲昵的姿势，赤裸着身体。孙龙甚至把裸照贴到女友的家门口，还在门前扔了一堆尿不湿和卫生巾。

我站在楼下向远处望去，城市边缘的天空已经泛白，老辅警提醒我："得赶在天亮前清理掉。"

我们沿着小区的街巷检查每一栋楼，如清洁工一样，弯腰捡拾，抬手撕扯，收拾着嫌疑人留下的残局。早上6点，我瘫坐在车里，手上捧着整整七十张裸照！

这是孙龙第二次散布女友的裸照了。这次，他还在照片后面写了篇五十个字的小作文诋毁女友，还大大咧咧地留了自己的电话号码。

"赵玲玲，离异，在云南洗浴中心当坐台小姐，骗走别人几万块钱，有谁认识这个女人，提供家庭住址，必有重谢。"

这片老城区容纳了一万五千户居民，大多是本地人和废旧工厂的工人。如果这些裸照被居民发现，绝对会成为小城里最轰动的大新闻。

我和孙龙的第一次见面，是在两年前的一个雨夜。

2017年9月，小城连下了两天雨，气温骤降。晚上10点多，接警平台传来警情：风华园小区，报警人称自己被人拿刀追砍。

这种警情不能马虎，可能要面对持刀挥舞的精神病人，也可能是源自一场家庭闹剧。之前我们所的老民警接到一起家庭纠纷的警情，说是丈夫情绪激动扬言砍人。民警到现场之后，发现只是普通的夫妻纠纷，就把女方拉到一旁单独劝说。蹲在一旁抽烟的丈夫到厨房摸了把菜刀，径直走向妻子和民警。要不是驾驶员手疾眼快，一把抱住丈夫的腰，后果难以想象。所以，这是可能涉及恶性案件的警情，我随身带了手枪。

车窗外，暴雨密集得让人看不清眼前的情况，小区十五号楼的花坛前，孙龙孤零零地站在昏黄的路灯下，没有打伞。我打起手电走过去，白色的光团照遍了打着哆嗦的孙龙。湿漉漉的衬衫、短裤贴在他身上，略长的头发贴在脑门上，雨水不断往下淌。

孙龙说他大晚上找女友商量婚事，不知道怎么就惹怒了女友的妹夫。眼看着这位未来的连襟变了脸色去厨房抄菜刀，他吓得夺门而出，跑出五百米才敢报警。

同行的辅警差点没笑出声，悄悄和我说："这是真被吓破了胆，下这么大雨还跑出这么远。"

这种夸大事实的警情天天能遇到，幸好不是砍人案件。我把孙龙带上车，准备去他女友家调解。一道手电光打在了警车玻璃上。我顺着光柱看过去，有个拄拐杖的女人正在朝警车挥手。

女人留着黄色披肩长发，也被大雨淋得透湿，看着相当瘦弱。我和同事赶紧把她扶到附近的楼道避雨。她说："我和这个人是不可能的，我不想他再缠着我……"

我和同事看着对方，一时没反应过来。我虽然工作时间不长，但也面对过无数报警人，对方是什么人，什么年龄，大概什么性格，我自信能看个差不多。眼前这个拄拐的女人一看就是个中年人，可为情所困的孙龙，才二十七岁。

"他们是情侣？怕不是在开玩笑。"我心想。

女人看出了我们的疑惑，主动拿出身份证。她叫赵玲玲，1977年生，今年已经四十岁了。

她肯定地说："我和孙龙，是情侣关系。"

赵玲玲拄着拐，冒雨走到警车旁边："我今天把话说清楚，一切结束，各走各的路！"

被菜刀吓坏了的孙龙此刻呆呆地坐在车里，看见赵玲玲来了也没下车，整个人灵魂出窍似的毫无反应。我仔细观察孙龙，他外表看起来相当年轻，刘海长长的，发际线却很高，一张大圆脸，配上一对小眼睛。

大雨击打在车上噼啪作响，孙龙浑身上下还在不停地滴水，坐垫上留下了一片黑黑的水渍。一时间，我们真不知道该怎么安慰他。同事想点根烟递给孙龙，却发现烟也被雨水泡了。

赵玲玲朝我们说了声"谢谢"，一瘸一拐地走了。孙龙终于有了反应，抬头看看赵玲玲的背影，叹了口气。

我们趁机劝他："天涯何处无芳草，你还年轻。"

孙龙还是不说话，也没回应任何表情和动作，不知道他有没有听进去劝。最后我们把他送到路口的站台，看他坐出租车离开了。当时我挺同情孙龙的，谁还没被甩过，年轻人过一阵就好了。

一个月后，赵玲玲的报案让我意识到，孙龙连一句劝都没往心里去。

她说孙龙总是半夜给她打电话，打通了也不说话，偶尔会丢下一句"你给我等着"，然后挂断。孙龙还发威胁短信，说见不到赵玲玲就要拉着她一起死。赵玲玲觉得不放心，从三楼的家中往下看，借着小区路灯，她经常看见孙龙打着手电在四十号楼前后游荡。

孙龙一个礼拜能骚扰赵玲玲两三次，搅得她心神不宁，根本无法休息，"手机一响就是一激灵"。紧接着，她就会想到游魂一样的孙龙可能还在楼下。后来，即使没有骚扰，赵玲玲也会在夜里惊醒，她只有靠安眠药才能勉强入睡。

和我诉苦的时候，赵玲玲的情绪特别激动，本来就大的眼睛睁得更圆了。来所里报警时，她已经不再拄拐，但腿脚还没好利索。她留着黄色的长发，面颊有大面积的雀斑，人像竹竿一样瘦弱。因为神经衰弱，她状态不太好。

她和孙龙相遇，完全就是一段孽缘。在被孙龙发了疯似的骚扰前，赵玲玲决心做个"复仇者"。

赵玲玲的前夫不能生育，夫妻俩领养了孩子。但前夫思想传统，又想要亲生骨肉，便产生了自卑心理，他们因为这件事情芥蒂很深，几乎天天吵架。

赵玲玲在酒店当服务员，每晚9点或10点钟才回家，女儿放学后不是上补习班就是在家写作业。前夫觉得家里实在没什么意思，连个说话的人都没有，于是他经常出入KTV，在酒吧买醉，并和一个五十多岁的女人好上了，而且迅速同居，从此连家都很少回。

赵玲玲知道这一切后，心里盘算的是怎么报复。2017年春天，她玩微信加了很多附近的人，这些人中，她和孙龙最聊得来。当时，孙龙的微信名叫"LOVE"，自打和赵玲玲确定了关系，就改成了"玲珑"——赵玲玲和孙龙。

一开始，孙龙说自己姓李，三十五岁，离异，住在城里最高档的玉露小区。每晚和赵玲玲道别，他会假装进入小区的单元楼，然后偷偷目送赵玲玲走远，自己再离开。为了表示爱意，他给赵玲玲买了一块手表，说是两万元，其实只值二十元。

赵玲玲早就看穿了孙龙拙劣的演技，但为了报复前夫，她愿意配合"演戏"。两人的关系很快传开了，赵玲玲很得意："我四十多岁的人了还能找到二十多岁的小伙子，而我前夫那个没用的东西，只能和五十来岁的老女人在一起。"

但没过多久，他们的恋情出现了转折。赵玲玲发生了车祸，被撞断双腿。前夫回来照顾卧床不起的赵玲玲，让她觉得非常内疚。她觉得车祸是对自己出轨的报应，于是决心和孙龙分手。

孙龙觉得自己的情感被欺骗了，他不仅拒绝分手，还更进一步，想要娶赵玲玲回家。赵玲玲被逼得没办法了，她向我们警察忏悔，求我们帮忙："实在是没法过了。"

处理情感纠纷是派出所的日常工作。

孙龙这样的轻微违法行为，如果单纯处以拘留的话，太过简单粗暴，不利于矛盾化解。毕竟警察是解决矛盾的，而不是把有矛盾的人解决了。

我合计了一下，决定把孙龙叫到派出所，组织双方谈一谈。按照我的经验，这种事只要说开了，就没问题了。

给孙龙打电话的时候，他和雨夜被菜刀吓跑的可怜样完全不同。聊起赵玲玲，他怒气冲冲地骂："她欺骗我的感情，我在她身上投入了这么多，如今倒是好意思报警？随便她，反正我不去！"

"你这些天骚扰别人的正常生活，已经违反《治安管理处罚法》。你如果不服从口头传唤，那我们只好去找你了。"我警告他。

电话那头沉默了一阵，说："下午几点到？"

我安排下午3点在派出所警民联调大厅见。为了保险，还约了社区调解经验丰富的阿姨。3点一到，几位阿姨端着茶杯，坐在写着"调解员"的名牌前，从孩子学习聊到身上穿的衣服。一开始，赵玲玲满脸写满了戒备，听大家聊了一会儿，也融入了热络的气氛。正当我准备打电话催孙龙过来时，一个陌生女人却闯了进来。

她一见到我，连说不好意思："警官，孩子下午有事来不了，我替他道歉。早上你那个电话，吓他一跳，他以为公安局要抓他……"

原来她是孙龙的母亲，叫刘淑芳。她穿一件格子棉袄，戴圆边帽，胖乎乎的圆脸和小眼睛，跟孙龙很像；文着又弯又细的眉毛，蓝色，深浅不均。她的态度诚恳，看到赵玲玲就是一鞠躬，嘴里不住地骂孙龙"脑子坏了"。

"玲玲，感情的事情其实没有对错，这事没必要惊动派出所。我保证孙龙不再添麻烦。"

赵玲玲赶紧附和："对啊，没有对错，这次说清楚了就好。"

刘淑芳和赵玲玲聊得挺热乎，我和社区阿姨完全插不上话。这两位该道歉的道歉，该谅解的谅解，聊着天就出了派出所的大门。当时我旁边的辅警老靳，眉头却拧成了疙瘩，他抱着胳膊依靠在门边说："这事没完。"

"为什么？"

"孙龙他妈怎么叫赵玲玲的？都喊人家'玲玲'了！这个当妈的，已经认可儿子的选择了。这次刘淑芳亲自来，不过是怕公安局把她儿子拘了。豁出老脸来，是探我们的口风。"

老靳没说错。约莫一个小时后，刘淑芳又来了。她脸色慌张，完全没有刚才那份热乎劲。她走进值班室，回头看了一眼，确定后面没人，关上门说："警官，不好意思，我还有些事情没说完。"

"我这孩子还小，也没怎么上学，找个工作不容易，这次也是为情所困，你说的治安处罚……"

我看了老靳一眼，他心领神会，唱双簧的时候到了。

"我们派出所也不容易，你儿子整天缠着有家有业的妇女，周围街坊邻居都看不下去了。我知道孙龙这孩子不坏，但是犯了众怒啊。"老靳抢过我的话说。

刘淑芳更慌了，连忙摆手："我自己没教好，没教好。"

我没说话，从值班室的书架上拿起一本《治安管理处罚法》，翻到第四十二条递给刘淑芳看。她赶紧从包里摸出老花镜，看了一遍又一遍，然后用求救般的眼神看着我和老靳："这孩子真的是完蛋。"

后来我试着问刘淑芳，是不是小时候太惯孩子了。她点了点头，又马上否认。

"小时候打他打得可狠了。"刘淑芳说。

孙龙小学时的成绩不好，和同学相处也不好，老师懒得管他。父亲望子成龙，教育方法就是拳脚加棒槌。初中时，孙龙开始逃学，早上背着书包出门，拿着早饭钱，溜去附近的网吧或游戏室玩。

由于逃课逃得太凶，老师要找家长，刘淑芳不敢和丈夫说，一个人去见班主任。母亲在办公室挨训，同学们在外面纷纷起哄。十四五岁的孙龙脾气不小，和同学对骂起来，被老师和母亲听到，他觉得更加丢人了，干脆撒腿跑出学校。刘淑芳怕儿子想不开，一边哭着骂一边追。没多久，她在路边一个ＩＣ卡电话亭旁边追到了儿子，气得她从路边拿起一根木棍就朝孙龙挥去，一棍子击碎了ＩＣ卡电话亭的塑料外壳。

我很同情刘淑芳，让她把警告转达给孙龙。这之后，孙龙主动和赵玲玲断了联系。此后三个月都风平浪静，让我误以为一切即将重新开始。

2018年春节，赵玲玲给孙龙发了一条拜年短信。孙龙知道短信是群发的，但他试着约赵玲玲见面，经过去年的折腾，赵玲玲与前夫彻底闹掰了。赵玲玲倍感寂寞，想起从前的如胶似漆，两人旧情复燃。

只要不闹了，这也算好事。可我万万没想到，这俩人谈个恋爱，总要往警察局里钻。

恋情再次公开，而这一年，孙龙和赵玲玲手拉手出入小城里的商场和宾馆，发展到了谈婚论嫁的地步。也就是这时候，赵玲玲的母亲知道了两人的恋情，她告诉女儿："除非我死了，否则你别想和这个男人结婚。"

听到未来的丈母娘这么反对，孙龙慌张地向亲妈刘淑芳求援，非要刘淑芳去赵玲玲家谈谈，他自己是不敢去的，他怕未来的连襟又去厨房找菜刀。

这次见面，刘淑芳、赵玲玲、赵玲玲母亲，三个女人谈了一上午。刘淑芳很清楚，赵玲玲的母亲是在担心俩人近二十岁的年龄差。可是自己的宝贝儿子偏偏看上了赵玲玲，她这个当妈的只能劝人家再考虑一下。一边是未来的婆婆，一边是以死相逼的妈，赵玲玲左右为难，不敢说话。

两边的分歧太大，没谈拢。眼看到了饭点，赵玲玲和母亲要去接孩子放学，刘淑芳却没有离开的意思。赵玲玲的母亲有些生气，抄起水果刀就要"自杀"。刘淑芳吓得伸手去夺刀，争抢中划伤了右手。

当晚，赵玲玲约孙龙在森林公园附近见面，商量终身大事。那里溶洞和石林遍布，到处是断崖峭壁。白天游客众多，晚上则根本没人敢上山。

他俩摸黑爬到山顶，谈话一直持续到凌晨。孙龙提出要私奔："干脆谁也不管了，咱们远走高飞吧。"

"如果不能和你在一起，我宁愿跳下去死了。"孙龙望着眼前的断崖，语气决绝，作势就要往下跳。赵玲玲也有些触动，站起来要陪他一起死。

大概是山里风大，把赵玲玲吹醒了。就在殉情的关键时刻，赵玲玲想到了马上要小学毕业的女儿，稍微往后退了一步。

这不是孙龙预期的结果。他十分恼火，以为自己试探出了赵玲玲的真实想法："你果然还是骗我。"他冷笑一声，甩开赵玲玲的手，独自下山了。

殉情失败后，两人的关系冷了两个月。孙龙不甘心，他鼓足勇气，又跑去赵玲玲家。这一次等来的是赵玲玲母亲的扫把棍："你和你那个妈都一样，属苍蝇的，撵都撵不走。你还让不让我们一家活了？"

被赶回家的孙龙从母亲那里听说了上次三个女人的会谈过程，刘淑芳劝儿子："算了吧，再这么缠着赵玲玲，真的没意义。"

孙龙根本没听进去母亲的劝解，他只记住了母亲在赵玲玲家受伤和受辱的事情。

必须得报复。

孙龙从网上买了"呼死你"软件，专挑凌晨给赵玲玲打电话。晚上他还躲在小区暗处，一口一个"婊子""贱人"地骂赵玲玲，把全小区的人都吵醒。等大家纷纷伸头出来看时，或者他听到有汽车的响动，立刻就跑。如此隔三岔五地骚扰，把赵玲玲一家搅得经常整夜开着灯，不敢睡觉。

孙龙很享受复仇带来的快感。

2018年11月13日，报警指令把全所的人都吵醒了。我一看地址——又是赵玲玲家。我们开车到了现场，孙龙已经逃之夭夭。裹着睡衣的赵玲玲气得浑身发抖，已经不考虑和解了。那几天我连续值夜班，几乎每天夜里都要跑一趟赵玲玲家，被折腾得够呛。

那晚，我们再次到赵玲玲家出警。一个同事冻得直哆嗦，眼睛也熬得发红，他终于憋不住火喊道："这俩人根本就没一个好人！她这一年要是没去撩孙龙，这事去年就结束了！"

我抬头一看，四十号楼的灯全被孙龙搅和亮了，赶紧摆摆手让同事别说了，让人听到了不好。赵玲玲还是听见了，她打开窗户骂："案子解决不了，脾气还不小。"第二天，同事就被她投诉了。

这事不能靠调解了。20日晚上7点多，我和同事带了手铐和传唤证，来到位于郊区回迁小区的孙龙家。

孙龙父母是我市西郊的农民，在全国煤钢产业的"黄金十年"里，孙龙父亲脑子活，当上"农民矿工"，后来政府又有补助政策，因此挣了些钱。孙龙大专毕业后，家里劝他也去煤矿谋个生计，孙龙不愿意。他喜欢繁华的城区，宁愿在离家三十多千米外的市区物流公司搬货。孙龙家虽然住楼房，但家具还是农村宅子里自己做的木器，客厅中央挂着一幅"十大元帅"的画像，有些年头了。

"警官你怎么来了？"孙龙不在家，他母亲刘淑芳意外地问我。

"我怎么来了？因为你养了个好儿子！"我和同事没客气，把孙龙近几天的所作所为告诉了她。

"我儿子不是这样的，你们警察莫要随便抓人！"里屋传来一声喊，是孙龙的父亲。

我从包里掏出传唤证，上面清楚地写着"侮辱他人"。刘淑芳急得直跺脚，说自己还以为儿子在老实上班。

"21日上午9点前，孙龙来所里，我算他主动投案，可以从轻处理。否则我们就依法拘留。"

刘淑芳小心翼翼地问："能不能把传唤证拍张照片，用微信发给孙龙，让他知道事情的严重性？"

刘淑芳双手颤抖，滑了半天才解锁手机。相机的图标在我眼前过了几次，她就是找不到，还差点把手机掉在地上。同事看不下去，帮刘淑芳拍了传唤证。"这家人也真是够惯孩子的，这都什么时候了……"

回派出所的路上，我估摸着这回孙龙应该能来投案，到时只要他能想通，我就再给他一个机会。然而事实却再次扇了我一耳光。不，是扇了我们派出所每人一耳光。

当晚9点多，赵玲玲再次报警，说孙龙在她常去散步的

小路上伏击她。当时赵玲玲路过小公园，孙龙猛地从草丛里
蹿出，大声骂了一句"贱人"，然后把她推倒。赵玲玲顾不
得爬起来，赶紧给我们打电话，孙龙一溜烟跑没了影。

等我赶到现场，赵玲玲蹲在路边哭个不停。我气得一
句话都说不出来，所里的人也知趣地没搭理我。他们都说：
"老蒋气得不说话的时候，才是最可怕的。"

我部署了抓捕行动。孙龙正在宾馆睡大觉，我毫不客气
地给他戴上了手铐，他才迷迷糊糊地醒来。

在办案区，我拿出传唤证，他只斜了一眼说："我要投
诉，凭什么只传唤我，不传唤她？"

去年雨夜一别，再见到孙龙，他的变化非常大。他已经
从那个淋雨的瘦子变成了个小白胖子，整张脸就是个球，头
发仅仅比光头长一点，猛一看就像案板上的大面团。

所里其他班组也没少接赵玲玲和孙龙的警，如今孙龙落
网，大伙儿都来办案区看这半夜折腾人的家伙。性格最直的
张所看见孙龙的光头造型，笑着调侃他："没进劳改队，先
剃劳改头。"孙龙气得火冒三丈，要挣脱手铐和张所打架。
除了这次发火，孙龙全程都面无表情，像准备好接受命运的
审判一样。

听到要被拘留十五天的裁决时，他还用他妈妈手受伤的
事跟我们讲条件："拘留我，我无话可说，但是赵玲玲的妈
妈弄伤我妈，也该被拘。"

刘淑芳来到所里，急得几乎要哭："千万不能拘留，否则工作就完了。"她说把孩子带回去一定严加管教。

我摇摇头："裁决已经生效，孙龙马上要被送去拘留所了。"

看着年过半百的刘淑芳还在为儿子奔波操心，我有些不忍："阿姨，您要是真为了他好，就应该让他接受教训。您给他带一件厚棉袄，再到公司给他请几天假吧。"

孙龙抬眼发现来人是母亲而不是赵玲玲，又把脑袋垂了下去。

"龙龙，妈找所长给你求情了，只要你知道错，就从轻处理，不通报单位。你的工作还保得住。"刘淑芳想用工作吓唬儿子，说话的时候，她紧紧盯着儿子的反应。

"就你还能认识所长？你连赵玲玲都搞不定……"

听到孙龙这么和自己妈说话，站在一旁的我当时特别想发火。

刘淑芳强忍着眼泪："龙龙，只要你能认错，咱们一家三口比谁家都强。你爸退休金四五千，家里攒了二三十万给你娶媳妇，哪家的姑娘我都给你说来……"

"行了吧你，我能作就能受。你走吧，我正好冷静一下。"孙龙低头。

刘淑芳终于哭了："你是不是想折腾死你妈，你才开心？"

刘淑芳绝望的哭声引得办事群众纷纷向办案区张望，我扶她去值班室休息。她脚步很乱，几次要跌倒，嘴里重复着："我教子无方，这孩子活该蹲劳改。"

孙龙进拘留所的时候，还在说他是为了赵玲玲才坐牢的。我给他点上一根烟，嘱咐他好好冷静冷静，出来别再干傻事。

"你觉得我会放过赵玲玲吗？"孙龙挑衅地说。

"那老子就和你铆上了。希望再见到你时，不是在隔壁。"隔壁是看守所，如果他再犯，我就把他刑拘。

看我面色阴晴不定，孙龙笑了笑，想缓和气氛："其实我现在不恨赵玲玲。"

他越说越激动："我最不能原谅的是我妈。从小她就要求我不要恋爱，要好好学习，结果呢？我学习也不怎么样，恋爱也没谈成。如今在物流公司搬货，亏她还口口声声说，只要是我看上的姑娘就能给我说来。我呸！"

他不停地埋怨："赵玲玲这个带着孩子的离婚妇女，我妈不仅谈崩了，还把自己弄伤。我就是因为从小到大都听她的，才搞成这样，最后还要被拘留！"

犯法的是孙龙，把生活搞成一团乱麻的也是他自己，他却以为自己是最无辜的，只是一味地指责母亲刘淑芳。

孙龙家原来的老村主任和我讲过这家人的事情。

"这人从小就娇生惯养。看见别人家的孩子有什么新鲜玩意儿、好吃的，上去就抢，没少害得他爸妈给别人登门赔礼道歉。"虽然老村主任已经认不出长大后的孙龙，但他依然没有忘记这小子以前闹的事。

　　孙龙是家里唯一的男孩，理所当然地得到了所有的宠爱。孙龙的妈妈也是真能惯着他，给别人道了歉，就去给孙龙买个一模一样的东西安慰他。

　　老村主任的小儿子和孙龙差不多大，外号"小村主任"，孙龙和他同一班级。大约是2000年前后，"小村主任"捡到了一只从树上掉下来的小麻雀，想拿回家养起来，然后放生。

　　孙龙告诉"小村主任"，自己会养麻雀，让他把麻雀放在地上，看看到底是公还是母，然后教他怎么喂。"小村主任"信以为真，刚把麻雀放下，孙龙上前就抢。抢不到，他就抬脚踩，非要把麻雀踩死。孙龙被父亲一顿暴打之后，像拎小鸡一样被带到老村主任家赔礼道歉。

　　"小时候惹祸有爸妈收场，如今犯了事就只能自作自受了。"我和老村主任感叹着。

　　在这种教育方式下，孙龙的性格变得有些极端。他想要获得东西的出发点不是爱，而是"得到"。就像孙龙自己说的，赵玲玲没有身材和外表，年龄这么大还带着孩子，自己到底是看上了她什么？或许就是想得到她，仅此而已。

　　得不到，就毁掉，就像小时候的那只麻雀，得不到就要将其踩死。

　　三年来，孙龙的骚扰让赵玲玲在小城里出了名。我建议她出去散散心，冷静一下。2019年春天，她切断了和孙龙的联系，我们也很长时间都没再接到关于他们的警情。

赵玲玲去上海打工了，孙龙从拘留所出来后找不到她，一天给她发三四条短信。他一会儿辱骂，一会儿又担心她在外面遇到危险。

"昨天我守了一天，只想看看你有没有回家，虽然知道希望不大，可我还是傻傻等了一天。说这些是想告诉你，人有时候会为了自己心里的一个信念，为了一些重要的事、重要的人，付出代价……只是心太累，我只想问问你，心里还有没有我，这样我也会想想以后的路该怎么走……"

"我真没想到，你可以忍着不回家见你孩子……昨天我从下午2点多一直守到晚上11点半，冻得全身发抖，早上起来才知道还有点发烧。你如果还有所触动，就给我点回应，你到底去了哪里……"

他们两人如胶似漆的那会儿，孙龙注册过一个软件，可以看到赵玲玲的实时定位。粉色的界面会弹出系统提示语——"龙龙，你可以守护我吗？""守护"两个字外围，是一个心形，还带着天使翅膀。

急得毫无办法的孙龙，相信了路边"私家侦探"的小广告，以一千元的高价，从"侦探"手里买到了赵玲玲的定位。"侦探"给孙龙的定位地址在云南景洪，孙龙如获至宝，坐飞机去了云南。失望而归后，孙龙还是不死心。他又换了一家"私家侦探"，这次买到的定位在福建漳州。孙龙学乖了，他买了件礼物寄去，毫无回音。孙龙前后被骗了五千块钱，彻底失去了耐心，他由爱生恨，在短信中不断威胁赵玲玲。

赵玲玲又报警了。这次接警的是张所长，他可没像我一样客气，直接给孙龙上了技术手段。

接警的第二天，正在市区一家网吧玩游戏的孙龙，在众目睽睽之下被结实地上了背铐，然后被摁着脑袋押进了警车。

孙龙的母亲已经在门口等候多时。孙龙一下车，抬眼就看到她，破口大骂："你个老不死的，现在知道管我了，你来有什么用？"

听他说出这样的话，耿直的张所像提溜小鸡一样拎起孙龙，抬手就要打。

"你打啊？打死我吧！你敢吗？"孙龙彻底失控了，恶狠狠地盯着张所挑衅。

张所冷静下来，把孙龙揪到办案区，给他办了第二次拘留。

"给我打，打死他……"刘淑芳在一旁泣不成声地喊。

2019年6月8日下午，天气十分炎热。赵玲玲穿着长衣长裤，蒙着口罩，一闪身进了值班室，像做贼一样把门关好。她想说话但是又说不出来，克制了半天的情绪，从包里掏出一沓照片。我瞟了一眼，全是她的裸照，有十几张。

前一天，赵玲玲从外地回家，迎接她的是贴满了楼道的裸照。接着，赵玲玲打开她的旧手机，里面铺天盖地的足有上千条辱骂她的短信。

孙龙甚至还威胁起了赵玲玲的孩子："我讲过，只有你想不到的事，没有我干不出来的事！你家孩子每天都走那条路，我倒要看看你家孩子，可像你一样？反正不要脸了，无所谓……"

才报完警，凌晨1点钟，赵玲玲正在家睡觉，卧室玻璃一声巨响，孙龙又来骚扰了。

我查了孙龙的轨迹，发现他这半年之内没有任何的住宿和上网记录。被抓了两次，他已经有了反侦查的经验。

"我知道现在警察正在全城搜捕我，但是我不在乎，只要能见你一面就值了。我知道早晚会被抓住，不过又有什么关系呢？我总有放出来的那一天吧。"第二天一早，赵玲玲把这条短信交给我们。孙龙这是在赤裸裸地挑衅警方。

邓所长听了我的汇报，重重地敲了一下桌子："明早我起床之前，孙龙必须坐在讯问室，你们自己看着办吧。"

捡裸照的那天晚上，我追了孙龙很久，不但没抓到他，还不得不帮他擦屁股，捡起贴满小区的七十张裸照。

我回到所里，还没来得及吃口早饭，赵玲玲打来电话，说孙龙发短信约她在玉露小区见面。

"来江南浴池对面的玉露小区，那是我们第一次见面的地方。"

我决定去江南浴池碰碰运气。他躲了一整夜，又没住宾馆，很可能就躲在浴池休息。

为了抓孙龙，张所把能叫的人都叫上了，只留了值班警力在所里。江南浴池的消防通道、大门和后门三个出口被守住了。据前台服务员辨认，孙龙一小时前就在303房间休息。我们破门而入时，孙龙正在床上呼呼大睡，手里抓着手机，上面还有刚刚发给赵玲玲的骚扰短信。

证据充足，孙龙涉嫌寻衅滋事罪，又坐在了办案区的铁椅子上。这次的孙龙和冬天时又不一样了。他瘦了很多，原本白面团似的脸颊陷了下去，脑袋上满是头油。

郑局长过来了，他打算从口袋里摸根烟，孙龙以为自己要挨打，满眼的惊恐。他注意到四周都有监控后，又换了一副无所畏惧的表情，跷起了二郎腿。郑局长是参加过1979年中越边界战争的老兵，看到孙龙这副尿样，被逗乐了。

我依照程序给孙龙的母亲打电话。那头刚听完我介绍案情，就不耐烦地说："我早就当他死了，我在湖南打工，回不来。"一向宠溺儿子的刘淑芳，此时也不管他了。

其实前段时间，刘淑芳又去过赵玲玲家一次。赵玲玲的家人早就不耐烦了，想让孙龙知难而退，于是随口说："娶我女儿可以，彩礼五十万。"刘淑芳如实和孙龙说了，希望他能断了念想。

孙龙读大专时谈过恋爱。女方家看不起这个小子，要彩礼六十六万来难为他。因为这件事，他毕业后在家待业一年，成天唉声叹气。

"五十万"刺激了孙龙，那一阵子他联系赵玲玲少了很多，转而给母亲刘淑芳打电话，哀求她再去还还价。他每天都要打电话催几遍，搞得母亲最后也像赵玲玲那样，不接电话了。联系不上赵玲玲，也联系不上母亲，孙龙忍受不了。

"她一个离异的大龄妇女，也能张得开嘴？娶她还不容易，只要我能把她的名声搞臭，我看她还能嫁给谁！"

于是孙龙想出了打印赵玲玲的裸照满世界撒的损招。他还在每张裸照背后，手写了前述那段捏造的小故事："赵玲玲，离异，在云南洗浴中心当坐台小姐……"

孙龙的报复升级，已经违反法律了。

赵玲玲过来配合调查，她看着孙龙的刑拘证上红红的印章，笑了："今晚总算能睡个好觉了。"几乎同时，她的脸色突变，眼泪唰唰地流了下来："我造的什么孽啊！"

孙龙留下来的卷宗，足有一掌厚，光是各种照片、通话记录，就有两百张。这些证据，每一张都要我签字确认。我闷在办公室一张又一张地签名，看着满纸的仇恨，还有累得只知道机械重复的手，越写越生气。

邓所长推门进来，我抬头看了他一眼，没说话，继续写。他走到跟前看了看，笑着问我这个案子办下来感觉如何。

"我感觉自己变年轻了。签名都签了几百个，仿佛回到了小学被老师罚抄写的时候。"

孙龙的母亲还是来了。我把这些证据一样一样地给她看，刘淑芳气得边骂边哭。安静了一会儿后，刘淑芳说前一段时间自己和爱人出去打工了，不是电话里说的湖南，而是家附近的郊县。她知道自己之前管得太多，和老公一合计，觉得离开一段时间，可以让宝贝儿子独立起来。

我最后一次提审孙龙的时候，问他需不需要什么东西，可以让他母亲带给他。提到母亲，孙龙很烦躁，说衣服和烟，就这两样，然后他马上否定，又补充了一句："她不管我就算了。"

后来我给刘淑芳带话，她气得大骂，说不想再管他："让他吃苦受罪，判几年就老实了。"可我知道这是一个母亲的气话。刘淑芳临走前，还是往看守所里打了钱。她放不下这个儿子。之前孙龙被拘留的时候，要不是禁止送带骨带刺的食物，刘淑芳还想给儿子送他最爱吃的卤猪蹄。

沉默了几秒，孙龙又问我，检察院会不会批捕他。

"要是批捕了，我估计一年半载算是出不来了。"孙龙扭头看向身后的铁窗。窗外，看守所里的散养野猫正盯着高墙上的麻雀，随时准备跃起捕捉。

"所以，你有没有想和赵玲玲说的，我给你带话。"我望着出神的孙龙说。

"没有。"孙龙依然看着野猫追逐麻雀，头都没回。

我给孙龙送检察院的批捕决定书那天，他的脑袋又变成了光头造型，仔仔细细读完了批捕决定书，他什么也没说。

宣布完了逮捕令，我们等着看守所民警将他带回号子，我看着他那个样子，也没法打开话题，就照例问他在号子里的生活怎么样，有没有被人欺负之类的。

"你还有没有什么话对赵玲玲说了？"我再一次问，希望他能有所悔改。

"你问问她，如今我这个结局，她开不开心，满不满意？"孙龙一副满不在乎的样子。

看着他的光头和蓝马甲我又想到了两年来，被噩梦折磨得睡不着的赵玲玲一家，每次来派出所都泪流不止的刘淑芳，还有同事们熬红的双眼，几方人都在为孙龙能回归正常生活而努力，可他却无数次地拒绝回归正常生活的机会。

我再也憋不住心中的怒气："好好享受你的铁窗生活吧，傻×。"

孙龙被带走了。

我知道怎么骂都没用，毕竟我们永远都叫不醒一个装睡的人。

老有所依

2019年9月18日，防空警报响起之前，我们的警铃就被几块大石头"砸"响了。

　　那天凌晨，竟然有近十家店铺被砸，店内被翻得乱七八糟，其中两家药店的损失最为惨重，不仅柜台里仅有的小额现金被洗劫一空，连四扇玻璃门都没一扇完整的，亮闪闪的玻璃碎碴铺了一地——现场留下几块大石头！

　　我开着所里的老帕萨特出发了。被砸药店的主人十分特殊，他叫王景，是我们市的首富。这家药店是他众多产业的九牛一毛。但到了现场，王景却亲自来迎接我们。王景个子不高，这几年来，身材还清减不少，颧骨凸了出来，像只老狒狒，但他手腕上的劳力士依然耀眼。

　　这些老板以前发家的路子一个比一个野，近几年扫黑除恶，一个个才谨慎了许多，见到警察更是非常客气。

　　"冲我老王寻仇的？"他谨慎地和我搭话。

　　这是一家位于路边的大药房，上下两层，二百多平方米，药店没装卷闸门，平时打烊后就用一把U形锁挂上。两扇玻璃门粉身碎骨，击碎它们的"凶器"还留在现场，我试着挪了挪那块大石头，得有十几千克重。玻璃碎片中间滴落不少血迹，一团带血的卫生纸被扔在一边。

我环顾四周，店内的摄像头不算，附近起码有三个摄像头。这明目张胆到有些"弱智"的盗窃行为，简直是给派出所送业绩。

监控显示，昨天夜里2点，一个戴帽子的身影出现。他驼着背，动作十分缓慢，从画面边缘到药店大约一百米，这人走了几分钟，我一度以为视频被调成了慢放。

离药店二十多米的地方，"驼背"停下了，瞅着路边一个划分停车位的大石头。他缓缓蹲下身，盯住这块大家伙，一看就是好几分钟，像是和石头对话。

因为戴着帽子，我们分辨不清"驼背"的相貌和年龄。我在脑海里仔细搜寻这号人物是谁，但一时没想到。

"驼背"站起身，抱起那块大石头，但石头实在太重了，短短二十米路，他抱着石头歇了三回。终于，"驼背"用上了全身的劲，一下把石头扔向玻璃门。视频没有声音，但我仿佛听到玻璃门"哗啦"一声碎掉的惨叫。

接着，"驼背"钻进药店，十分钟后就出来了，拿着团卫生纸擦手，再随意一丢，重回慢镜头状态，悠悠地走了。

现在移动支付普及，小偷都快灭绝了，怎么还冒出来个用石头砸门的"老偷"呢？

我正看着监控，所长推门进来，他盯着屏幕只看了几秒就大叫一声——

"李十全！冤家上门了。"

是他！监控中的身影和我记忆里的形象对上了。

这个李十全不仅是警队的冤家，也是我的冤家。他跟我的"仇"，我记得清清楚楚。

2017年临近春节的一天，天擦黑，冬日逼人的寒气把我撵回家里。我拧开大门，发现家里的气氛不对。

"咱家遭贼了！"父亲苦笑。

我父母退休后经营着一家小饭店。这天早上饭店还没开门，贼先替他们把门开了。卷闸门伤痕累累，门框都卷了边，现场留下的指纹和撬别痕迹，像生怕别人看不见似的。这个贼光费在开门上的工夫应该就不少。店里没丢现金，锅碗瓢盆也一个没少，单是冰柜里的一只羊腿没了。

谁胆子这么大，偷到我这个警察头上来了？

第二天上班，我刚走到值班室门口，听见屋里一阵哄笑。我以为家里遭贼的事传开了，进门才知道，昨天所里也接了一起盗窃案，比我家的还搞笑——凌晨3点多，一家火锅店遭贼，损失了一盆炖牛肉。羊腿与炖牛肉，这熟悉的手法，相近的地点，十有八九是同一个贼。

没想到一周后，市区重案队接手了"羊腿炖牛肉案"。所长和重案队同事开我玩笑："把这家伙多判几年最好，都偷到我们所民警家了。"我一脸窘样。

那是我第一次听重案队说到嫌犯的姓名——李十全。

公安内网每页通常能显示十条前科信息，李十全的记录足有两页。从2007年内网系统建成之后，他一直是各派出所、刑警队的常客。

李十全生于1953年，今年六十六岁，已经是个老头了，也是"老偷"。1983年，他因盗窃入狱，之后断断续续一直盗窃，七次被判刑，他的日子基本都是在监狱里过的。翻到第二页末尾，我发现，2019年9月17日，李十全砸药店玻璃的前一天，他才刚从省重刑犯监狱拿到路费出狱回家。

"难怪他作案和慢放似的，原来这么大岁数了。"大家都觉得好笑。

受害店铺的损失查清了，没丢值钱药，最大的损失不过是一沓零钱，加起来是三四百元。

嫌疑人身份明确，作案手法粗暴，这种简单的盗窃案部署下去抓人就可以了。所里正好有个新分配来的实习警员小王跃跃欲试。

但李十全年纪太大，大家专门开会讨论怎么规避执法风险——其实是说给小王听的，新警上路，首先就是别出执法事故——别见人就上，近距离抓捕先要控制住手，嫌疑人跑了是小事，要是被扎一刀连后悔的机会都没有；对老人和孕妇要慎用擒拿，一旦出事就够喝一壶的。

之后挺久我才知道，9月18日，就在王首富的药店被砸一两个小时后，凌晨4点多，药店东北方向两千米外一个路口花坛边的长椅上，两个老人正在说悄悄话。这两个老人正是刚出狱，又刚刚砸了十几家店铺的"老偷"李十全和老伴儿。俩人很久没见了。

李十全的老伴儿在派出所附近的环卫处工作，也六十多岁了，为了贴补儿孙，她主动要求返聘，每月仅一千五百元工资，早上四五点钟就要起床扫马路。她好多年没见李十全了。李十全显得特别老，胡楂全白了，脑袋上戴着棒球帽，一件没有任何图案的灰色T恤，胸前全是口水渍。

李十全告诉老伴儿，由于年纪太大，他在监狱里被分配到"老残区"，平时做得最多的就是洗洗衣服，给各个号子送送饭，不用干重活。

在李十全接下来的讲述中，老伴儿越听越奇怪，他张嘴闭嘴总说"死"这个字。他一定有事。

李十全在狱里住得挺好，就是越来越怕。

他见过太多被判了重刑而死在牢里的老人，家人不管不问，监狱只好联系民政部门火化，留下必要的信息之后，骨灰也不知道怎么处理了。重刑犯都说，肯定是被扔了。

这种事越传越吓人——"如果老死在监狱，还没有家属来料理后事，灵魂会一辈子被困在这高墙里，死了还坐牢，永远出不去。"

慢慢地，李十全真觉得这监狱里住着"孤寒鬼"。他不怕鬼，他怕自己迟早也是一样的命运。

李十全对天发誓自己再也不会进去了："我安心在外面

陪你终老。"

案发第二天早上，我路过王首富那家药店，竟然在门口又看到一地碎玻璃！我有种不真实感，掐了一下自己。不对啊，他家昨天换新门了！

药店再一次被盗。这次店员没敢和老板说，报警后直接找来工人装新门。从监控和遗留在现场的大石头来看，又是李十全干的。

所长被气得哭笑不得："今晚就去蹲这人，遇到我算他倒霉！"我们都认为，这个两天只偷了几百块钱的老贼，肯定还会作案。

结果直到9月20日凌晨5点多，天蒙蒙亮，商铺陆续开门，街上人也多了起来，李十全还是没出现。一夜蹲守，大家疲惫得很，正打算回去，这时，所长接到市区重案队的电话——李十全被逮到了！他大概怕总在一个地方作案风险太大，流窜到了市区，却被深夜出警的重案队同事抓了个现行。

没想到仅过了三天，9月23日凌晨，王首富家药店的大门第三次被砸碎，还是用石头砸的。

李十全不是刚被逮住了吗？

电话那头，王景老婆的态度很不好："我过几天就去装卷闸门，指望不上你们就算了。"

这下所里的面子挂不住了，尤其是我。辖区连个六十六岁的老偷都看不好，谁听到不笑话！我还给新警小王当师傅，太丢人了。

我一查系统才知道，因为患有严重疾病，几天前抓到的李十全被"监视居住"。从监控里他迟缓的行动来看，他这身板看守所确实不一定会收。

我当即决定，当晚再去蹲守药店。新仇旧恨，一块报了。

一周后，深夜12点，小王问我，今晚还去不去？

我们蹲守一周，一无所获。老偷好像消停了。但李十全在外面多待一天，就指不定有多少家店铺被砸，肯定要抓他。但我带着个实习警察去抓人，且不说执法权的问题，这老偷总爱在凌晨时分作案，他年纪大身体不佳，万一突发疾病，我不能拿小王的前途和安危开玩笑。

眼瞅快过12点了，我让小王去休息，悄悄叫上两个当兵出身、手脚麻利且经验丰富的老辅警，去蹲守李十全。

凌晨2点，我们开着民用车沿街巡查。大路上没什么人，路过王首富那家药店时没有异常。我们就去一千米外的另一条商业街转悠。

半个多小时后，派出所的监控室突然来电话："李十全又把一家药店砸了，刚钻进去！"我们瞬间像被通了电似的，一边飞驰一边穿戴装备。

这次要瓮中捉鳖。

与前两次被砸一样：一地碎玻璃，门上一个大洞，刚好可以容一人通过。

"啊，啊！"

我们正打算钻进去，门外垃圾桶边一个穿着破烂的人喊了两声，我仔细一看，才发现这人是我们辖区的聋哑拾荒者。他一边"啊啊"地说话，一边拿一只沾满饭粒的矿泉水瓶子指向马路另一边。

顺着瓶子指的方向一看，一个驼背戴帽子的身影正在几百米外缓行。

我和一个老辅警撒腿就追，仗着年轻，几十秒就追上了。我一个急转堵在李十全前面，另一个辅警围过来，车也到位了。李十全插翅难飞。

"干什么的？"我明知故问。

"我……外面遛遛，然后就回家的。"

"李十全是吧！"我大声喝道，抬手摘下他的帽子。他被吓得往后急急退了好几步。

看他这反应，同事怕我有危险，赶紧上前，却在看到李十全的瞬间喊出了一句"我×！"

这老头，只有大半个脑袋！

看到他那大半个脑袋时，大家足足愣了好几秒——李十全左边眉毛到眉心的半边头哪儿去了？人要是这样还能活吗？

谁都没料到，一个普通的抓捕行动竟然出现如此诡异的画面。

我被吓了一跳，没敢铐李十全，只是抓住他的手腕。同事壮起胆子，和我一左一右把他架上车。

"头是怎么搞的？"我缓了一会儿问他。

"去年在监狱服刑，从楼梯上摔下来磕的。"李十全只有大半边头颅，但说话和思维还算清楚，应该没性命之忧。

我把李十全带回办案区。他身上只有一包两块钱的"东海"烟——只剩一根了，二十块钱，一个手电筒，一团卫生纸，别无他物。

晚上看守李十全时，我们都绷紧了神经，生怕这家伙出意外。可候问室里，这老头却睡得很香，还打起了呼噜。

我只浅睡了三四个小时就着手办理李十全的盗窃案。李十全也醒了，坐在我对面靠右边的长椅上，缺失小半边的脑袋对着我。

惨白的灯光打在李十全的光头上，他的大眼袋在脸上形成了两个相当大的阴影，再加上他只有大半个头颅，猛地看起来怪吓人的。

这时，所长提着两笼包子和稀饭进来了，摆摆手让我离开。

一般来说，嫌疑人知道自己即将进去，有的撒泼打滚，有的绝食绝水，有的讨价还价，而李十全只是伸了伸懒腰，一口一口地吃起了包子，时不时再吸溜两口稀饭，像个在路边摊吃饭的普通老人。也难怪，他出入派出所无数次了。

我下楼发动车子，准备找李十全的家人在刑拘证上签字。

李十全的户籍和住址与我同属一个街道，如今他家的老房子是一片瓦砾。房屋拆迁之后，李十全的两个儿子一人一套安置房，按理说李十全两口子也应该有一套，而我翻遍了户籍都没找到。

李十全的大儿子大李是社区主任。我想，怎么说也是个干部，找他谈父亲的事应该比较好交流。

我开车到了大李家，只有他媳妇在，是个四十来岁、说普通话的中年妇女。她在门口反复确认我们的身份："现在假冒警察的这么多，我哪知道你们是谁？"

她不请我们进屋，也不问什么事，就不咸不淡地和我们说话："我丈夫不在家，我一个女人又不知道什么……"

我打断她："因为你公公李十全的事。"

"那你和我就更说不着了。"女人说，"我嫁来二十年了，就没见过他长什么样！"说完她关上了大门。

我吃了个闭门羹，不过也不是完全没收获，不难想象，这样的老偷和子女的关系有多恶劣。

李十全出狱后见的第一个人，也是唯一一个愿意见他的亲人，就是老伴儿。

老太太听李十全聊了很久的狱中生活，特别是他对成为"孤寒鬼"的怕，她叹了口气，开了口："家里连给我的公墓都订了。"

在我们这儿，六十五岁的老人就开始选墓地了。五百万人口的城市就那么几片公墓，价格一直在涨，夫妻二人的墓穴售价一万八千元，单人墓穴一万元。通常，一对夫妻同碑同穴，买好后，碑上刻上两位老人的名字，刷上红漆，谁先过世了，就把名字上的红漆刮去安葬。

但这话刚出口，老太太马上意识到，说漏嘴了！她一抬头，看到李十全眼睛里满是恐惧。

老太太只好实话实说。两个儿子只给母亲买了一个单人的墓穴，根本没打算给父亲留位置。

老偷李十全偷了一辈子。没照顾过家，没照顾过孩子，只给一家人留下"犯人家属"的耻辱。老实说确实也怪不得孩子。但李十全立即想到监狱里的传说，想到那些他感觉到的"孤魂野鬼"。他更加恐惧了。

"这几天我再劝劝儿子，怎么也得给你准备墓穴吧……"老太太无奈地宽慰李十全。

一万八千对李十全来说无异于天文数字。李十全惊惶了一阵，好不容易冷静下来，骂了一句孩子："这两个狗日的不孝子！"然后对老太太说："干脆咱们老两口攒钱自己买。"

老太太说，她当时听到李十全这么说，心里还是很高兴的。因为她听说，如果女人死了单独入葬的话，会被"地下"的"邻居"欺负和笑话，灵魂都不得安生。更要命的是，家人来祭扫时，免不了会有旁人议论，"这一家子怎么只有老太婆，没有老头子"，旁人肯定会瞎猜，说这家的老头指不定是死于非命，没有尸首。

难得李十全有这个心。老太太给李十全鼓劲："我一个月工资一千五百元，半年就能攒够九千元，你也加把劲！"

两个老人聊了半天，终于以ＡＡ制买墓地并尽力说服孩子们改变计划，从惊恐中走出来了。

李十全说："一会儿我就去人才市场看看，干不了其他的，看大门总行吧。"

其实，老偷李十全心里一直在打鼓。他不但担心儿子不同意他与老伴儿葬在同一个墓里，更担心与老伴儿说好的一起加油攒钱，他实现不了。他现在这个鬼样子，路都走不快，谁愿意找自己当保安？自己缺了半边脑袋，人家看一眼都怕他死在工地上。一万八千元的墓穴怎么买？就是ＡＡ制，自己也要攒九千元！

第二天，李十全又来找老伴儿，这次还带了两袋风干的新疆大枣。老太太有些受宠若惊，忙问李十全是不是找到工作了。

李十全说："市里面到处都有盖房子的工地，我就找了个看大门的活儿。一个月三千块钱，包吃住，就是太远了不方便。"

李十全说他上班时间太早，四五点就要起来，有时还要值夜班。他和老伴儿说会儿话就要去赶早班车。

"老头子到底是比我强，你三个月就能攒够了！"老太太开心地吃起大枣，就是有点费劲，边吃边说，"我都这个年纪了，哪里咬得动这个。"

老太太不知道，李十全头天晚上砸开一家干果零食店，没找到现金，店里值钱的干果都锁起来了，只有大枣这些便宜东西摆在货架上。李十全除了偷大枣和零钱，到哪儿去凑这九千块钱？

老偷还是那个老偷。但他还是记住老伴儿说嚼不动大枣了。后来我得知，被我抓到前的日子，他隔三岔五就用半夜抢来的零钱给老伴儿买些香蕉之类软和的水果送去。

吃了李十全儿媳妇的闭门羹，回到所里，我撞见所长带新警小王送李十全去看守所。我心里觉得奇怪：这么快就审完了？

"他态度还不错。"所长说。李十全把出狱后砸那十几家店、偷了什么东西，抖了个干净，和受害人的报案材料全对上了。

可一个多小时后，所长带着李十全又回来了——看守所又没收押。

"你看他那半边脑袋，就绷着一层头皮和支架，没有颅骨，用手指一戳就死了，收押风险太大了。"

李十全没家可回，放出去还是靠偷过日子——这冤家砸我们手上了。

我们犯愁的时候，李十全正站在派出所院子中间，口水一直滴答个没完。大概因为脑袋受过创伤，影响五官，嘴就合不上。

最后还是所长想出个绝妙的点子：辖区有几个工地，有人瞅准了商机，运来了好些集装箱供人居住，价格也便宜，五块钱一天。我们把李十全安排到那里，给他交一个月的房钱，尽快起诉案件，到时送他去服刑。

集装箱环境是差了点，但总比睡大马路强。有了地方住，李十全向我保证，这段时间不再到处游荡偷东西了。

十一期间，所里一直忙着国庆安保，李十全几乎被人遗忘。直到有天闲聊，我突然提了一句"好久没看到李十全了"，气氛突然变了。我马上把李十全住的集装箱附近的摄像头调出来。

那个集装箱是我们精心挑选的，在一大片蓝色的铁皮箱里，就那一个白色的，还位于监控的正中心。

没看到李十全的踪影。

我突然有一种不祥的预感，是不是死在里面了？

我带人火速去了工地。到了那个集装箱外，我心跳得很快，甚至做好准备推门就看到一具腐败的尸体。

然而集装箱里空无一人。

我们找来出租集装箱的老板。胖老板显然喝了不少，含糊不清地说："所长交代的事情，我怎么可能不上心呢，前几天还看到那个老头……"

前几天？也就是说李十全可能消失好几天了！最近也没发生类似的盗窃案，他去哪儿了？

当夜凌晨2点钟，所有人都被警铃吵醒，派警画面照得人眼花，顶着刺眼的灯光，我看见了报警内容——药店被人砸，丢失物品不详。

老偷肯定还没走远！

一千米外的小公园长椅上，一星火光闪烁。我按下手电，那个佝偻着背抽烟的身影正是李十全。

李十全又邋遢了不少，胸前的衣服上还是一片口水渍。天气变凉，他不知从哪儿搞了一件破烂的蓝色工作服，走起路来发出啪嗒啪嗒的声音。我朝下一看，他脚上的拖鞋换成了运动鞋，但鞋底和鞋面是裂开的，活像一张鲇鱼嘴。

白花花的灯光下，李十全还是垂着一副大眼袋，看不出表情。我没把他铐在椅子上，他双手还能活动。

"不是给你找了个家吗，怎么还是偷？"我问。

李十全低头不回答，用手撕头上的血痂，顿时鲜血淋漓。我给他脑袋贴上创可贴。

"监狱比外面好多了！"李十全一笑。

2018年夏天，狱中，李十全提着饭下楼时，一不小心跌下楼梯，左额头正好磕到楼梯拐角。

"见过熟透的西瓜吗？一拍就裂开的那种，当时现场大概和那差不多。"后来监狱民警对我们说。

省立医院外科专家抢救了三天三夜，李十全勉强活下来，破碎的脑袋拼了起来。又过了半年，李十全才能下地走路。

李十全住院时，监狱给他家打了无数个电话，家人只有一句回复："等他死了再给我打电话，到时候去收尸。"

我头一次遇到一门心思想再进监狱的人。对这个老头来说，外面确实比狱里难活。

让我吃惊的是，李十全曾经是一名煤矿工人，按岁数应该在2000年左右退休，领十分丰厚的退休金和企业年金。为什么会沦落到这种地步呢？

我摸出一包苏烟，点燃了一支递给李十全。他抽烟的方式是我见过最有意思的，他先一口气抽掉一半烟，就好像十年没见过烟似的，再将一股烟从鼻子里喷出。

抽了两根烟，李十全的话多了起来。

二十世纪八十年代，李十全在地面搭线缆，一个月的工资大概有一百多块钱。那时警察一个月的工资只有五十五块钱，李十全属于名副其实的高收入人群。

那时的国企里，总有些监守自盗的事，就算被发现也没多大影响，因为连组长也这么干。1983年夏天，李十全从仓库抱回一捆红铜线缆，准备卖掉。但他倒霉，线缆连包装都没拆就东窗事发了，而且赶上了全国轰轰烈烈的严打整治，这起案件被当成了典型处理。三十岁的李十全被煤矿开除，还以盗窃罪被判刑四年。

"我没进去之前，抽的都是五块钱一包的'555'烟，进口烟！别人都抽几毛钱的'红三环'烟！要不是我点子背，这辈子哪会这样！"李十全提起过去还很不平。

李十全入狱前，他妻子刚找到环卫处的工作，每天凌晨3点半就起床扫马路，一个月四十块钱工资。李十全入狱后，他妻子要养活两个年幼的儿子，免不了要婆家支援，甚至还在菜市场捡过菜叶子。家里人都劝她改嫁，不少人幸灾乐祸，几个姨母的话最刺耳。

李十全的大儿子大李说："我妈说得最多的就是'不蒸

馒头争口气，咱们家不能让他们看不起，你爸爸不争气，你要争气'。"但因为父亲的关系，大李在社区干了二十年，依然没有官职。

李十全第一次入狱后，兄弟俩被同学叫了四年"小劳改犯"。母亲的不易和同学的嘲笑让兄弟俩对父亲恨之入骨。

李十全出狱后在家待了几个月，儿子们的怨气却没有随着父亲回归家庭而消散，反而在积累。一天，李十全提出让老大弃学上班，矛盾彻底爆发了。十几岁的兄弟二人把李十全打了。李十全颜面尽失，他不顾妻子的阻拦，一气之下跑去了火车站。

"我当时想卧轨自杀。"李十全伸手问我要烟。

"卧轨？我看你是喝多了，醒来发现在号子里吧？"他第二次被处理是因为盗窃铁路物资，由于是累犯，还判得颇重。我忍不住嘲讽他。

靠妻子养活太丢人，李十全想到了几个在外面游荡盗窃的狱友，他们专门偷低速货运列车上的东西。没想到，李十全这次又很快落网，被判了十三年。

李十全因为坐牢，两个儿子的婚礼都没能去。尤其是长子，因为父亲是罪犯，他也很难娶到媳妇，最后找了个外省女人，就是那个说普通话的中年妇女。婚礼酒席上，大李连属于父亲的位置都没留。

2001年，李十全再出狱时，孙子、孙女都出生了，老屋早已变成废墟瓦砾。旧房改造时，两个儿子宁愿放弃一套拆迁名额，也不打算认这个父亲，还把户口分开了，只留李十全的户籍和住址在老屋。

李十全打听着找到新房，两个儿子连大门都没开，还拦着母亲不让下楼。

出狱第二天，李十全挥霍完盗窃的赃物，主动来所里投案："还不如进去，号子里那些劳改犯都比混蛋儿子强。"

接下来的十几年，李十全又因盗窃被判过五六次，每次刑期三五年不等。

"小伙子，能不能给我一杯水？"李十全试探着问小王，"你有没有十八九？"

李十全夸小王穿上警服真精神："以后我孙子、孙女也要和你一样当警察。"

"你这个样子，孙子能过政审吗？"小王觉得好笑。

"我儿子都和我断绝关系了，应该不会影响孙子！"李十全居然满不在乎地笑了，露出满嘴黄牙。

李十全三句话不离他孙子。小王有些生气，搞得自己是他孙子似的。他把一支烟塞进老偷嘴里，让他闭嘴。

这次我们和监区协调好了，一定要送李十全进单间看护。但走到通知家属这一步，又让人犯了难。他儿子一听是公安局的电话，直接就挂了。

我决定去环卫处碰碰运气，说不定李十全的妻子还在那儿。

我在环卫处门口的长椅上，见到了这个满头白发的老太太。她穿着黄马甲坐在那里，一只手拿着扫帚，一只手擦汗，脖子上的白毛巾沾上了块块灰迹。

听我说了李十全的事，老太太的脸上毫无波澜。

"进去了也好，能养老。"她的嗓音很沙哑，就和扫帚划过地面一样，是刺啦的声。

李十全第一次入狱前，他和妻子的感情很好，收入也不错，他们度过了十几年的幸福时光。老太太对李十全还很有感情，大概是珍惜那段岁月吧。

2017年，李十全出狱后，想看看孙子和孙女，但大李没开门。李十全坐在楼道口等了一夜。他想，一家人总要出门吧，见他们一眼就这么难？

没想到，大李愣是一天没去上班。直到邻居来劝李十全："你要真为了孩子好就走吧，他们在屋里憋了一天，吃什么？你永远不走，他们也就永远不出门了！"李十全听后才走了。

老太太告诉我，李十全只要在外面搞了点钱，就会买点东西，在凌晨时分陪她在路边长椅上坐一会儿，聊聊儿孙。

我彻底明白了，李十全那些"疯狂"的"石头案"，主要是在"攒钱"买墓地。除了害怕变成孤魂野鬼，想和老伴儿死后葬在一起，可能老偷也有些许愧疚，想有点"实际行动"，自己出点钱，说服儿子同意吧。

李十全这次被抓后，他老伴儿来过一次派出所，带来一千块钱："下次和他见面，恐怕就是百年之后了。"老太太返聘的工资很低，这钱肯定攒得不易。

老太太说儿子答应了给李十全买墓地："怎么说他也是我老伴儿，儿子的爸爸。"

本来兄弟俩死活不同意，老太太为这事动怒了，大骂儿子不是东西，辛苦几十年把他们带大，自己死了还要在下面孤单。儿子们孝顺母亲，只得答应。

后来，我在看守所再见到李十全，他还是合不上嘴，但干净了很多，整洁的号服挺合身。

我宣读完程序，一想到他可能真像老太太说的一样，这次进去不一定出得来了，有些不忍心，就告诉他，儿子们答应买墓地了："你在里面好好改造，出来之后好歹有老伴儿，百年之后也有个安身的地方。"

"谢谢警官。"李十全终于抬起了那半个脑袋。

12月初，所长突然催我快点结案："李十全被查出直肠癌晚期。"

这人缺了半个脑袋还活蹦乱跳的，怎么突然就直肠癌晚期了？我又想起李十全"买"墓地的事，决定去一趟监所医院。

李十全躺在床上，比之前瘦了很多，缺失的半个脑袋似乎又往下凹了不少，整个人和棺材瓤子似的。我瞅了一眼病历卡，确实是直肠癌晚期，已经时日无多。

监管病房里没有鲜花和补品，连药物都是由干警和医生定时定量发放，需要两人同时签字。李十全就躺在这个没有家人问候的单间病房里，枯瘦得可怕，我不忍多看几眼。

李十全还能说话。他单刀直入："墓地怎么样了？"

"碑都刻好了。"虽然两个儿子口头答应了买墓地的事，但进展到哪一步也不好说，我就善意地说了句谎话。

"谢谢，谢谢警官。"李十全想坐起来，大概是想鞠躬，我和看守干警吓了一跳，赶紧按住他，让他躺好。

我出门后和医生聊了几句。医生说，这老头也就剩几个月了，可能连春节都过不去。"你们警察也真是的，对个老偷还照顾得这么好。"

2020年春节前，李十全的病情恶化，上级决定把他送去上海治疗，我去通知他的老伴儿。

老太太刚收工，正用水龙头冲洗比她还高出一截的大扫帚，斑白的头发杂乱无章，用一条擦拭得发黑的毛巾束起，身上是环卫处统一发的橙色背心，反光条已经斑斑驳驳脱落了。她见了我忙打招呼："警官，你来了！"

我说，李十全直肠癌晚期，正在住院，法院和市局协调后决定予以监外执行。

老太太先是摇头叹气，一听要去上海治病就慌了："啊？去上海看病，得花多少钱？"她低头盘算自己还有多少存款。

我赶忙告诉她看病不要他们出钱，政府出。这次来是问问，公墓的事情解决了没。

老太太说后来她又在家里闹腾了好一阵，威胁儿子和儿媳妇，说如果不解决墓地，她就天天拿大喇叭在小区里喊儿女不孝，让当妈的死了还不安心。最后儿子终于交了一万八千元的墓地钱。

其实她不知道，我们所长也为这事斡旋了很久。

所长和街道书记把大李约来办公室。所长摆明了态度，说今天不是找你谈你父亲的事情，而是你的问题。"李十全现在是直肠癌晚期，你作为直系亲属，这些年的所作所为大家都清楚，现在你是否触犯《刑法》——涉嫌遗弃罪的问题，党委正在讨论，希望你能配合调查。"

大李愣了。街道书记赶紧打圆场："所长啊，大李也是个不错的人，他要是能把后面的事做好，也没必要上纲上线，是不是……"

大李满口答应，一定给李十全养老送终，让领导给个改正的机会。

所长叹了口气说："人活一世哪有顺顺当当的，就能保证一辈子不犯错？你就不怕你儿女有样学样，以后这么对你？"

李十全的墓地这才尘埃落定。

大年初二，新冠肺炎肆虐，我又去医院看李十全。

"嘿！你这小伙子怎么来了！我前几天还跟管教说，你人不错，结果今天你就来了！"李十全上厕所回来，和我热情地打招呼。

"我就是被你念叨来的！"

看守同事说，李十全和医生护士吹牛来消遣，说自己是个横行江湖多年的大盗，要不是老了、病了，根本不会被逮住。女护士还以为这老头是个大人物。主治医师说，这种心情对病有好处。

也是这个春节，看完老太太与老偷，我去了一趟他俩未来的墓地。

这座集体经营的小墓地，靠着山坡呈阶梯状排列，密密麻麻的，足有好几千个墓穴，想上山祭扫，必须翻过满是荆棘的小山。

公墓没有围墙，唯一的人气就是窝棚的看守老头和门口拴的一条大黄狗。老头刻碑赚点外快，凿子声叮叮当当，一年响到头。不过，他的手艺根本不敢恭维，墓前装饰的石狮子被刻得歪鼻子斜眼。

清明前后，这里的草木开始茂盛，不常来上坟的家属，基本搞不清楚哪里埋葬了自己的亲人。

对于过去的恶习，我不知道老偷有多少悔恨，或许已经和老伴儿说了，或许都藏在那些干枣、水果里了。他有错，有罪，也对不起老婆和孩子，不过他的错与罪还不致让他成为"孤寒鬼"。一块墓地，也是他活过的标记。

人间已经原谅了老偷，他未来可以和老伴儿"住"在一起了。

大结局

每个故事都会有一个结局，写完这些故事后，我以为所有的事情就到此为止了，但是事实证明，人间的悲喜和"我以为"并没有什么关系。事物总是不断向前发展的，而我写出的结局未必就是真的"结局"，自己以为了解的人，实际上还在不断创造着新的故事，迎来人生下一阶段的结局。

线人大贵死后，他的家人和小区开发商陷入无穷无尽的官司，房子的产权归属也一直没有着落。运毒的网吧老板小纪被枪决之后，那家网吧无人敢接手，"未来星网吧"的霓虹灯牌也变得破烂不堪；他老婆把所有设备变卖了之后，带着孩子不知所终。

虽然方家兄弟换了身份，但性格是换不掉的，标签和本质到底是有区别的，虽然小弟入了狱，大哥看似接下了如此大的家业，但是个中滋味也只有他们自己能够体会。有一次纪委的人打来电话，按照流程要求我们对方大江经常性地盯一下，毕竟方小海被判了十几年大刑。

2020年3月，疫情危重期刚过，第一次例行走访方大江时，他还是像以前一样在电话里满口答应配合，然后低沉地说忙完这一单生意就来，大概二十分钟。我同意了。

等见到方大江时，我吓了一跳，他一身送外卖的打扮，脖子上挂着手套，不停地给手哈气，整个人又黑又瘦。

"这……方总……"我一时不知道说什么。

方大江摆了摆手说，生意上面的事情自己完全干不来，就把几家餐厅要么包出去，要么给老婆和姐姐打理，自己还是习惯于自食其力的生活。

"接单多的时候一个月能挣四千多块钱呢，足够生活了！"皮肤都有些皲裂的方大江笑得很开心，我倒觉得这是他发自内心的快乐。

"等大哥出来，一起过普通人的生活，人啊，还是平凡点好。"方大江摇了摇头告别。

他到底还是没有改口，仍然喊弟弟方小海"大哥"。

2020年春节前，偷车的老牛放出来了，儿子小牛在北京上大二，年年都拿国家奖学金。据说小牛当年报志愿的时候其实心里很清楚自己过不了军校政审，但他只想当兵留在部队，离开这个父亲，离开这个家，越远越好，于是冒险赌了一把。虽然最终没有上成军校，但是两年里小牛也再没回过小城一次。

老牛不再偷车，出息了——现在改讨饭了。

小城从此多了一个乞丐。

逼婚不成便四处发人家裸照的孙龙，最后被判了一年有期徒刑，但是短短的一年改造并没有给他带来多大改变。孙龙于2020年6月11日出狱，他回家后的第一件事就是给赵玲玲发短信：

"狼来了。"

随后的两个月，孙龙开始重复之前的行为，在赵玲玲家楼道内留下了无数的作品。虽然这次赵玲玲带着女儿秘密地搬走了，但是孙龙似乎并不知道这件事，仍然天天在小区徘徊。

后来，只要一进入后半夜，小区里的垃圾车刚走，民警就会有意地在赵玲玲的小区巡逻，寻找在犯罪道路上越走越远的孙龙。

头几次，孙龙还狡辩，说自己想在这个小区买房子。"买房子也犯法？你们警察管得太多了吧？""那字是我写的？谁做证？你知道赵玲玲在外面就我一个男人？"把巡警撑得哑口无言。

可能是心虚，几次过后，我们巡逻时看不见孙龙了。

等到孙龙再次因为不断升级的骚扰行为落网后，大家才知道为什么后来无论怎么巡逻都见不到他了。原来，赵玲玲家楼下的几个垃圾桶被孙龙抠了个洞，后半夜等小区的垃圾车一走，孙龙就躲进臭气熏天的垃圾桶，然后从洞里观察赵玲玲什么时候回来。

孙龙是2020年8月11日被第二次刑拘的，距离他出狱刚刚过去两个月。

女线人杨侠本来是我的记录中最有人情味的一篇，当然如果真如我预想的结果一样就好了。

杨侠是2020年5月出狱的。她出狱后做的第一件事就是来所里"报到"，她脸色很好，原本凹陷的黑眼圈完全不见了，整个人红润了起来，她说起张所来那叫一个千恩万谢。

帮人帮到底，张所和司法所同事给她介绍了个工作，杨侠领回了自己的狗，回家了。

从5月到8月，我们偶尔会在杨侠上下班或者遛狗的路上看到她。

原本杨侠可以过上平静的生活，却不料应了一句老话："吸毒一天，戒毒一生。"从8月下旬开始我们没再见过杨侠，电话也打不通。

"肯定是复吸了，这女人真是烂泥扶不上墙。"张所哀叹道。

说完这话的第二天，我们就看到了杨侠在附近镇子因盗窃而被刑拘的通报。

我曾以为人性就像硬币那样有正反面，正反面之间只需要一个事件就能达成转变。

但真正了解这些人如今的生活后，我才发现，人性可能更像是骰子那样的多面体，当它被命运轻轻抛起，落下之前，谁也不知道它最终的点数是多少。

而这本书中，许多人还是一颗转动中的骰子。

那么，我只能尽可能记录这个骰子的所有不同面，试图给你一个答案。

后　记

走钢丝的人

有些作者最后会跟读者说些掏心窝子的话，我却不知道如何动笔。因为我所处的工作环境里，不太接受这种深度的自我剖析。我们警队将那统称为"矫情"。

但是，这次我还是想矫情一下，聊聊写作这件事。

不止一个人问我，你天天值班熬夜办案，好不容易休息了，还写那么多字，是不是能挣很多钱？

我总是回答，饿不死就行了，挣那么多钱干吗呢。

其实，我觉得有些事情很难用金钱的多少去衡量。都说人与人之间的关系不过六层，两个身处世界任意一处的陌生人之间，只需要六个人就能建立起联系[1]。而我记录的这些人，都不用六个人，他们已经和我非常熟悉了，或卑劣或高尚，他们的故事在我眼前逐一上演过。能把这些真真切切的

1　六度分隔理论，也称六度空间理论。——编者注

人的存在展现在纸上，我就觉得非常有价值，比单纯的钱有价值。

更重要的是，写他们，能让我喘口气。

常有同行说，警察就像"走钢丝的人"。他们日常接触那些游走在犯罪边缘，或是钻法律空子的人，稍有不慎，就会掉入圈套。一旦做错抉择，不仅没能惩治恶人，反而毁了自己的前途。

我在这条钢丝上已经走了五年，小心翼翼，也曾差点摔下去。

在接触写作之前，我遇到过一次极端的执法状况，经手的嫌疑人不明不白地自杀了。我被纪委调查，被没收了枪，停职检查。警队也没法教你此刻应该怎么做，那时要学的东西多数都靠口述或者自我摸索，没有百度，无人可求助。当时我心里就有了这样的念头：作为一个警察，我可能没法轰轰烈烈地牺牲了。

我因为挺不过悲观情绪，想过自杀。

别笑我尿。现实中的"蒋述"就是一个普普通通的青年民警，遇到这种危险的绝望时刻，我还没学会用喝大酒来缓解情绪。最后，是写作让紧绷的我松了口气——在不断地记述中，我回顾这些经手过的案件，也是在帮助自己复盘曾经走在钢丝上的我的人生。

如今我再翻开这本书，已经能够很平静地坐下来吸取教训，评判自己。

如果有人问我，再遇到这种生死考验的时候会怎么办？

我可以淡定地说：挺过来了就写报告总结，说不定又是一个故事；不幸的话，全部稿费和作品的衍生收入都捐赠给公安英烈家属。

只要活着，就还能写，只要还能写，再难过的坎也会有出路。

写作的力量让我活着，让我成长。

天才捕手计划
STORYHUNTING

故事编辑

大体格子

扫地僧

腰不疼

小旋风

图书在版编目（CIP）数据

身边的陌生人 / 蒋述著 . -- 长沙：湖南文艺出版社，2021.3（2022.10 重印）

ISBN 978-7-5726-0092-0

Ⅰ.①身… Ⅱ.①蒋… Ⅲ.①纪实文学–中国–当代 Ⅳ.①I25

中国版本图书馆 CIP 数据核字（2021）第 035815 号

上架建议：畅销·纪实文学

SHENBIAN DE MOSHENGREN
身边的陌生人

作　　者：蒋　述
出 版 人：曾赛丰
责任编辑：匡杨乐
出 品 方：魔　宙
出版统筹：影子姐　于得水
监　　制：刘　毅
策划编辑：刘　毅　柳泓宇
文字编辑：刘　盼
营销编辑：刘　迪　段海洋
内文插图：张大嗨
封面设计：张大嗨
版式设计：蒜　泥
出　　版：湖南文艺出版社
　　　　　（长沙市雨花区东二环一段 508 号　邮编：410014）
网　　址：www.hnwy.net
印　　刷：三河市中晟雅豪印务有限公司
经　　销：新华书店
开　　本：880mm×1180mm　1/32
字　　数：172 千字
印　　张：8.25
版　　次：2021 年 3 月第 1 版
印　　次：2022 年 10 月第 2 次印刷
书　　号：ISBN 978-7-5726-0092-0
定　　价：48.00 元

若有质量问题，请致电质量监督电话：010-59096394
团购电话：010-59320018